三月里的幸福饼

张小娴·著

人民文学出版社

图书在版编目 (CIP) 数据

三月里的幸福饼／张小娴著．—北京：人民文学出版社，2014
ISBN 978-7-02-010626-4

Ⅰ．①三… Ⅱ．①张… Ⅲ．①中篇小说—中国—当代
Ⅳ．① I247.5

中国版本图书馆 CIP 数据核字（2014）第 240457 号

责任编辑　赵　萍　涂俊杰
装帧设计　李思安
责任印制　苏文强

出版发行　人民文学出版社
社　　址　北京市朝内大街 166 号
邮政编码　100705
网　　址　http://www.rw-cn.com

印　　刷　北京盛通印刷股份有限公司
经　　销　全国新华书店等

字　　数　85 千字
开　　本　880 毫米 ×1230 毫米　1/32
印　　张　6
印　　数　1—70000
版　　次　2015 年 1 月北京第 1 版
印　　次　2015 年 1 月第 1 次印刷

书　　号　978-7-02-010626-4
定　　价　31.00 元

如有印装质量问题，请与本社图书销售中心调换。电话：01065233595

目
录

第一章 ……… 001

第二章 ……… 031

第三章 ……… 075

第四章 ……… 137

第一章

一九八三年九月里的一天，大雨滂沱，还在念预科的我，下课后正赶着去替学生补习。

"周蜻蜓——"我的同学方良湄走上来叫我。

"哥哥问你有没有兴趣到电视台担任天气报告女郎，一星期只需要去三次，比补习轻松得多了。"良湄问我。

她哥哥方维志是电视台新闻部的监制，我们见过好几次。

"为什么你不去？"我问她。

"他没有问我呀！怎么样，你有兴趣吗？"

"不，我怕。"

"为什么不考虑一下？可以对着全香港的观众报告天气呢。"

"像这种恼人的天气，我才不想报告。若说明天的明天还是会下雨，多么令人气馁？"

"谁又可以控制明天的雨？"

"但我可以忘记它。"我说,"我赶着去补习。"

"明天见。"她说。

我跟良湄在雨中道别。听说,雨是女人的眼泪。在法国西北部的迪南城,如果结婚那天下雨,新娘就会幸福,因为她本该掉的泪,都在那日由天上落了下来。然而,在法国西部,普瓦图地区的人却相信,如果结婚那天下雨,新娘将来会比新郎先死,如果太阳当空,丈夫就会比妻子早一步进入坟墓。真是这样的话,我宁愿结婚那天下雨。比爱自己的人先死,是最幸福的,虽然这种幸福很自私。

回家的路上,雨依然下个不停,一家电器店外面挤满了观看电视新闻直播的途人。

"因香港前途不明朗,引致港元大跌,一美元要兑九点八港元,财政司宣布实时固定美元兑港元汇率为一兑七点八。"一个名叫徐文治的新闻报道员报道。

我怔怔地望着荧幕上的他,从没有想过有一天我们会相遇,相爱而又相分,一切仿佛是明天的雨,从来不由我们控制。

一九八六年一月,我在念时装设计系,是最后一年了,良湄念法律系。

一天,方维志再提起找我兼职报告天气的事。

"出镜费每次一百五十元,每次出镜,连准备工夫在内,只需要十五分钟,酬劳算是不错的了。"他说。

"对呀,你还可以穿自己设计的衣服出镜。"

那时候,拿助学金和政府贷款念书的我,着实需要一点钱,良湄和方维志是想帮我的,所以我答应了。反正,没人能够控制明天的雨,我不去,也有别人去。更重要的,是我想认识文治。

"哥哥,你们那个报告新闻的徐文治很受欢迎呢,我们很多女同学都喜欢他。"良湄跟她哥哥说。

"这个人很不错,他是新闻系的高材生。"方维志说。

那一刻,文治对我来说,仍然是一个遥不可及的人。

天气报告紧接着新闻报告之后播出,是在同一个直播室直播的。

我第一天上班,正好是由文治报告新闻。

从一九八三年在电视荧幕上匆匆一瞥,到一九八六年一月的这一天,经过两年,我终于见到真实的徐文治了。

在那搭了布景的狭小的直播室里,我们终于相遇,是现实而不是布景。

新闻报告结束之后,文治站起来,跟我点了一下头。方维志刚好进来直播室,他拉着文治,介绍我们认识。

"周蜻蜓是我妹妹的同学,她是念时装设计的。"

"蜻蜓?"他对我的名字很好奇。

"是的,会飞的那一种。"我说。

"要去准备啦。"方维志提醒我。

第一次面对摄影机的我,彻底地出丑。我把稿子上那句"一个雨带覆盖华南沿岸,预料未来数天将会有骤雨和密云",说成了"一个乳晕覆盖华南沿岸",我立刻发现直播室和控制室里每个男人都在笑。摄影师更笑得双手都差点拿不稳摄影机。

节目结束之后,方维志上来安慰我。

"第一次有这样的表现已经很不错了。"

我看得出他的表情有多勉强。

我拿起皮包和雨伞,装着若无其事地离开直播室。我真害怕明天走在街上有人认出我。

电视台外面,正下着大雨,我站在人行道上等车,文治刚好也下班,他的电单车就停在路旁。

"我第一次出镜报告新闻的时候,也不见得比你好。"他说。

他一定看到了我出丑,真是难堪。

"这几天的天气都不太好。"他说。

"是的,一直在下雨。"

"我第一次出镜的时候,双脚不停地颤抖。"

"我刚才也是。"

"后来我想到一个方法。"

"什么方法?"

"我用一只脚踏着另一只脚。这样做的话,起码有一只脚不会发抖。"他笑笑。

这个时候,一辆巴士驶来。

"我上车了。"我跟他说。

"再见。"他说。

"谢谢。"

巴士开走了,我把文治留在风雨中。在巴士上回望在雨中的他,我突然有一种很温暖的感觉。我们仿佛在哪里见过,在更早之前,也许是一九八三年之前,我们是见过的。

两天之后,当我再次来到直播室,每个人都好像已经怕了我。

刚报告完新闻的文治跟我说:

"别忘了用一只脚踏着另一只脚。"

我坐在圆凳上,用右脚踏着左脚,整个人好像安定了下来。

我把摄影机当作是文治,告诉他,这天气温介乎最低的十二点四度和最高的十五点七度之间,相对湿度百分之五十五至六十,未来数日仍然有雨。文治,明天还是会下雨。

"你做得很好。"方维志称赞我。

我很想多谢文治,他们说,他出去采访了。

文治这天出去采访,晚间新闻里,应该可以看到他的采访报道。我洗了一个澡,正想看新闻,扭开电视机,画面一片朦胧。管理员说,大厦的公共天线坏了,明天才有人来修理。我想起附近有一家凉茶店开得很晚,店里有电视,于是匆匆换了一件衣服,冒雨到凉茶店看电视。虽然两天之后就可以在电视台看到他,不知为什么,这一晚我很想见他。

在电视荧幕上,文治正在报道一宗情杀案。男人用山埃毒死向他提出分手的太太。他亲自做了一个蛋糕给她,她不肯吃。他说:"你吃了之后就可以走,我不会再缠着你。"她吃了,死在他怀里。他把她的尸体放在平台上淋雨,相信这样可以把她洁净,洁净她不爱他的心。他们结婚当天,是下雨吧?所以新娘先死。

从凉茶店出来,我发现文治的电单车就停在路边。车身还是烫手的,他应该是刚刚走开。我站在电单车旁边,好想等他回来。

我想，我可以装着刚好经过这里，而且顺道向他打听一下那宗情杀案。

十五分钟过去了，仍然看不见他。

三十分钟过去了，他依然没有回来。

一个开私家车的男人找地方停车，车向后退的时候，差点把文治的电单车撞倒。

"你小心一点。"我立刻提醒他。

我突然觉得自己像一头狗，正替主人看守着他的东西，但是主人并没有吩咐我这样做。

四十五分钟过去了，文治还没有回来。他会不会就住在附近，今天晚上不会回来？

街上的行人愈来愈少，店铺都关门了。我为什么要等他回来？也许我太寂寞了，我不想就这样回去那个没人跟我说话的地方。

那辆电单车早已经不烫手了，文治还没有回来。如果他回来时看到我在等他，他一定觉得奇怪，于是，我决定在附近徘徊，如果他回来，我就像刚才想好的那样，装着刚好遇

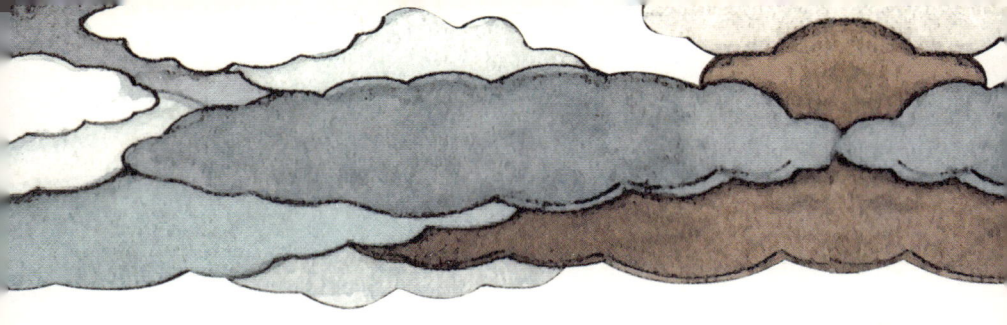

到他。

我走进便利商店里买了一包果汁糖,出来的时候,刚好看到文治骑上那辆电单车绝尘而去。

我等了四十五分钟,才不过走开五分钟,结果只能够看到他的背影。

我花了那么多时间看守着那辆电单车,它竟然无情地撇下我。

我一个人,孤单地回去。雨落在我的肩膀上,明天,我要缝一件雨衣,那么,下次为文治看守电单车时,便不会给雨淋湿。

这以后我经常在直播室里碰到文治,我从来没告诉他,我曾经站在他的电单车旁边等他回来。

这种事,太笨了。

在阳光普照的一天,我用缝纫机缝了一件雨衣,像一条裙子的雨衣,腰间可以缚一只蝴蝶结,连着一顶帽子。雨衣是柠檬黄色的,在烟雨迷蒙的环境下,黄色是最显眼的颜色。我希望下一次,文治会看到在他的电单车附近徘徊的我。

也许，那件柠檬黄色的雨衣真的奏效，那天放学的时候，忽然下雨，我拿出背包里那件黄色的雨衣穿上，在巴士站等车。文治驾着电单车经过，看到了我。

"你要去哪里？"他问我。

"去湾仔。"

"我送你一程好吗？我也是过海。这里雨很大。"

我求之不得，立刻爬上他的车。

"你是怎么看到我的？"我问他。

"你的雨衣很抢眼，像个大柠檬。"

"我自己做的。"我说。我没告诉他为什么我要做这件雨衣。

"很漂亮。"他说。

"谢谢。"

"你住在湾仔吗？"

"嗯。你呢？"

"我也是，而且从出生那天到现在都没离开过。"

"你住在哪一条街？"

"谢斐道。"

"我以前也住在谢斐道，说不定我们小时候见过。"

"你现在住哪里？"

"骆克道。"

"跟家人一起搬过去的吗？"

"不，爸爸妈妈过世了，我自己只能住一个小公寓。"

"哦。这几天都在下雨，这种雨不知道要下到什么时候。"

"你为什么会开电单车？很危险的呀，尤其下雨的时候，地湿路滑。"我说。

"是念大学的时候学的，那时想，如果将来到报馆工作，会开电单车比较好，有些报馆要求突发新闻组的记者要有电单车的驾驶执照。"

"我在一九八三年就见过你。"

"在哪里？"

"在电视上，那天你报道财政司宣布一美元固定兑七点八港元。"

"那是我头一天负责新闻报告，那宗新闻也是我采访的。联系汇率是不合理的，相信很快就会取消。"

文治和我也许都想不到，不合理的联系汇率一直维持下去，竟然比我们的爱情更长久。如果爱情也像港元与美元，永远挂钩，永远是一比七点八，是否更好一些？

那天，跟方良湄吃饭，我向她打听：

"徐文治有没有女朋友？"

"好像没听说过。"

"我喜欢了一个男孩子。"良湄接着说。

"谁？"我心里很害怕那个人是文治。

"是念化学系的，叫熊弼。"

我松了一口气。

"他的样子很有趣，个子高高，长得很瘦，有一双很厉害的近视眼，傻乎乎的，蛮有趣。"

"你喜欢这种男孩子吗？"我奇怪。

"这种男孩子会对女孩子死心塌地的。而且他在实验室做实验时那份专注的神情很有魅力呢。"

"你想追求他？"

"他这种人不会追求女孩子的，他没胆量。"

"我真佩服你的勇气，万一被拒绝不是很尴尬吗？"

"如果他拒绝，就是他的损失，这样想的话，就没有问题了。"

是的，良湄在所有事情上都比我勇敢。一个人，只要不害怕失去，譬如不害怕失去尊严，那就什么事都能做出来。

"哥哥的女朋友在南丫岛租了一间屋，地方很大的，我们约好去那里度周末，我叫了熊弼一起来，你能不能来？"

为了挣点钱,我每个周末在一间儿童画室教小孩子画画。如果去旅行的话,就由其他人替工。

"不可以呀。"我说。

"徐文治也来。"

"我晚一点来行不行?"我立刻改口风。

"可以呀,我给你地址,你告诉我你坐哪一班船来。"

周末黄昏,我离开画室后,匆匆赶到南丫岛。

文治在码头等我。

"他们派我来接你,怕你找不到那间屋。"他微笑说,"你教小孩子画画的吗?"

"嗯。"

"什么年纪的?"

"从四岁到八岁都有。"

"平常画些什么呢?"

"我让他们胡乱画些自己喜欢的东西。家长们很奇怪,如果他们的小孩子来了三个月还不会画苹果、橙、香蕉,他们就觉得老师没尽责。谁说一定要画苹果呢?即使画苹果,我也会让他们画自己心目中的苹果,如果只有一个方法画苹果,那太可悲了。人是长大了才有各种规范,不能这样,不能那样。"

"你将来的设计一定与别不同。"他说。

后来,我才知道,我们努力追求不平凡,到头来,却会失去许多平凡女人的幸福。

"你为什么会当记者?"我问他。

"也许是一份使命感驱使吧。"

"使命感?"

"我喜欢当记者,揭露真相,报道事实。是不是很老套?"

"不。比起你,我一点使命感也没有。我只希望付得起钱的人都买我的衣服。"

"这也是一种理想。"他宽容地说。

方维志的女朋友高以雅是写曲的,他们在一起许多年了。

良湄带了那个念化学的熊弼来,他的样子果然古古怪怪的。

晚上,良湄嚷着要在天台上一起等日出。

"在这里,五点钟就可以看到日出。"她说。

结果,首先睡着的是她,而且是故意依偎着熊弼睡着的。

熊弼支持到一点钟也睡着了。

方维志喝了酒,早就累得睡在天台的长椅子上。高以雅挨到凌晨三点钟也支持不住了,只剩下我和文治。

"不如睡吧,反正每天的日出都是一样。"文治说。

"你忍耐一下吧,我忽然很想看日出。"

"不行了,我昨天工作到很晚才睡。"

"求求你,不要睡,陪我看日出。"

"好的。"他苦笑。

我把皮包里的钟盒拿出来,放在身边。

"这是什么东西?"

我把钟盒放在他身边,让他听听那滴答滴答的钟声。

"是个钟吗?"

我掀开盒子,盒子跟一个有行针的钟连在一起,盒盖打开了,便可以看到里面的钟。一只浮尘子伏在钟面上十二点至三点之间的空位。

"这是虫吗?"文治问。

"这种虫名叫浮尘子,别看它身躯那么小,这种虫每年能够从中国飞到日本。"

"为什么会在钟里面放一只已死去的虫?"

"这个钟是爸爸留给我的。做裁缝的爸爸最爱搜集昆虫的标本。"

"所以你的名字也叫蜻蜓?"

"对呀,他希望我长大了会飞,但是蜻蜓却不能飞得太高。"

"这只浮尘子也是你爸爸制的标本吗?"

"嗯。爸爸有一位朋友是钟表匠,这个旅行钟是他从旧摊子买回来的。他把爸爸这只浮尘子镶在钟面上,送给我爸爸。所以这个钟是世上独一无二的。"

"既然有那么多昆虫标本,为什么要用浮尘子?"

"妈妈喜欢浮尘子,她说时光就像浮尘,总是来去匆匆。"

"你经常把这个钟带在身边吗?"

"去旅行的时候就会带在身边,来南丫岛也算是旅行呀。"

我把响闹时间调校到清晨五点钟:"万一睡着了,它也可以把我们叫醒。还有二十分钟就可以看到地平线的日出。"

他苦撑着说:"是的。"

我的眼睑快要不听话地垂下来了。

"别睡着。"我听到他在我耳边叫我。

"跟我说些话。"我

痛苦地挣扎。

渐渐,我连他的声音都听不见了。

刺眼的阳光把我弄醒,我睁开眼,太阳已经在天边。

我望望身旁的文治,他双手托着头,眼睁睁地望着前方,脸上挂着两个大眼袋,欲哭无泪。

"对不起,我睡着了。"我惭愧地说。

"不——要——紧。"他咬着牙说。

"为什么闹钟没有响?"我检查我的钟。

"响过了,你没有醒来。"他连说话也变得慢吞吞。

离开南丫岛,方维志与良湄一起回家,熊弼回大学宿舍去。

"看日出的事,真的对不起。"在路上,我向文治道歉。

"没关系,我现在已经好多了。"他说。

"你真的不怪我?"

"在日出前就能睡着,是很幸福的。"

在巴士上,文治终于睡着了,我轻轻依偎着他。

我望着我的浮尘子钟,到站的时候,文治刚好睡了二十分钟。

我们失去的二十分钟,竟然可以再来一次。

"我到了。"我叫醒他。

他醒来，疲倦的双眼布满红筋。

"我们会不会见过？在很久以前？"我问他。

"是吗？"他茫然。

"我好像有这种感觉。别忘了下车。"我起来说。

"再见。"他跟我说。

"谢谢。"我说，"我两天后去成都。"

"是吗？是去工作，还是为了别的事情？"

"去旅行，一个人去。"

"回来再见。"

"谢谢。"

我走下车，跟车厢里的他挥手道别。

在日出之前，我早就爱上了他。

为什么？

在出发到成都的那天早上，我在火车站打了一通电话给文治。

"我出发啦，有没有东西要我带回来？"

"不用了，你玩得开心点吧。"

"我上车了。"

"路上小心，再见。"

"谢谢。"我挂上电话，站在月台上等车。那一刹那，我突然很挂念他。他总能够给我一种说不出的安全感。

在从广州开往成都的火车上，我把浮尘子钟拿出来，放在耳边，倾听那滴答滴答的声音。多少年来，在旅途上，我都是孤单一个人，唯独这一次，却不再孤单。

从成都回来，我带了一瓶辣椒酱给文治。原本那个瓶子很丑陋，我买了一个玻璃瓶，把辣椒酱倒进去，在瓶子上绑上一个蝴蝶结。

那天在电视台见到他，我小心翼翼把辣椒酱送给他。

"成都没什么可以买的礼物，这种辣椒酱很美味。"

"瓶子很漂亮。"他赞叹。

"是我换上去的。"

"怪不得，谢谢你。"

"不知道你喜不喜欢吃辣椒酱——"

"我喜欢，尤其喜欢吃印度咖喱。"

"你那个特辑顺利吗？"

"这几天从早到晚都在剪片,现在也是去剪片室。"

"我可以看吗?"

"你有兴趣?"

"嗯。"

"好吧!"

"是关于什么的?"

"是关于移民的。"

在剪片室里,我坐在文治和剪接师后面,观看文治的采访片段。特辑探讨的是当前香港人的移民问题。特辑里主要采访两个家庭,这两个家庭都是丈夫留在香港,太太和孩子在多伦多。

其中一个个案,那个孤身在香港的男人,从前每天下班后都跟朋友去喝酒,很晚才回家。太太带着独子移民多伦多之后,男人反而每天下班后都回到家里等太太的长途电话。女人在冰天雪地的异国里,变得坚强而独立,反而男人,在圣诞节晚上,跟身在异乡的太太通电话时泣不成声,还要太太安慰他。

他太太在电话里说:"别这样,当初我们不是说好为了将来,大家一起忍受分开三年的痛苦吗?"

男人饮泣:"我不知道这是为了什么。"

坚强的太太说:"别离是为了重聚。"

离开电视台的时候,已经是深夜。

"我送你回去吧。"文治说。

"谢谢你。"

"你觉得怎么样?"文治问我。

"我在想那位太太说的话,她说'别离是为了重聚',别离真的是为了重聚吗?"

"以前的人,为了一段感情不离别,付上很多代价,譬如放弃自己的理想,放弃机会。现在的人,却可以为这些而放弃一段感情。离别,只是为了追寻更好的东西。"

"我觉得那个男人很可怜——"

"是的,他太太走了后,他才发现他不能没有她。圣诞节那天晚上,我们在他家里陪他一起等他太太的长途电话,没想到他会哭成那样。他一直以为是他太太不能没有他。下星期是农历年假期,我们采访队会跟他一起到多伦多,拍摄他过去探望家人的情形。"

没想到我刚回来,他又要走了。

"到了。"他放下我,"有什么要我带回来?"

"不麻烦吗?"

他摇头。

"我要一双羊毛袜。"

"为什么是羊毛袜?"

"只是忽然想到。"

"好的。再见。"

"谢谢,一路顺风。"

他开车离开,转瞬又回来。

"我刚才跟你说再见——"他说。

"是的,谢谢。"

"为什么每次我跟你说再见,你都说'谢谢',而不是说'再见'?"

"我不说再见的。无论你跟我说'再见''拜拜'或者'明天再见',我都只会说谢谢。"我说。

星期天,在画室教小孩子画画的时候,我吩咐他们画一双羊毛袜。

"为什么要画一双袜子?"班上一个男孩举手问我。

"只是忽然想到。"我说。

真正的理由十分自私,我挂念在冰天雪地里的他。

农历年三十晚,我在良湄家里吃团圆饭。

良湄问我:"毕业后你有什么打算?"

"当然是找工作,也许会到制衣厂当设计师。"

"我哥哥要结婚了。"

"是吗?"我问方维志,"是不是跟高以雅?"

"除了她还有谁?"良湄说。

"以雅要到德国进修,一去就是三年,她想先结婚,然后才去那边。"

"你会不会跟她一起去?"

"我会留在香港,我的事业在香港。"方维志无奈地说。

"你的意思是以雅向你求婚的吗?"良湄问她哥哥。

"我不介意等她,但是她觉得既然她要离开三年,大家应该有个名分。"

"哥哥,以雅对你真好。"我说。

高以雅才二十七岁,她才华横溢,条件也很好,三年后的事没人知道,她根本没必要在这个时候给自己一份牵制。

"我认为她有点自私。"良湄替她哥哥抱不平,"她要离开三年,却要你在这里等她。你成为了她丈夫,就有义务等她,你若变心,就是千夫所指。但是她忘了是她撇下你的。"

"爱一个人,应该包括让他追寻自己的理想。"方维志说。

"如果我很爱一个男人,我才舍不得离开他。蜻蜓,你说她是不是自私?"良湄逼我表明立场。

"德国,是很遥远的地方啊!"我说。

"是的。"方维志说。

"相隔那么远,不怕会失去吗?爱情应该是拥有的。"

"爱情,就是美在无法拥有。"方维志说。

我要很久很久以后才明白这个道理。

文治从多伦多回来,带了一双灰色的羊毛袜给我。

"谢谢你,很暖啊!"我把羊毛袜穿在手上,"你不是说喜欢吃印度菜的吗?我知道中环有一家,很不错的。我请你好吗?"我说。

他笑着说:"好呀,那边的印度菜难吃死了。"

"那个男人的太太怎么样?"在餐厅里,我问他。

"她比她丈夫坚强得多,临行前,她吩咐她丈夫不要常常去探她,要省点钱,还叫他没必要也不要打长途电话给她,电话费很贵。"

"女人往往比男人容易适应环境。"

"因为男人往往放不下尊严。"文治说。

吃过甜品之后,女侍应送来一盘曲奇蛋饼。

"这是什么?"我们问她。

"这是占卜饼。"她说。

"占卜饼？"我奇怪。

"每块饼里都藏着一张签语纸，可以占卜你的运程。我们叫这种饼作幸福饼，随便抽一块吧。"她微笑着说。

我在盘子里选了一块曲奇。

"不知道准不准——"我说。

"你还没有看里面的签语纸。"文治说。

我将蛋饼分成两瓣，抽出里面的签语纸，签语是：

　　祝你永远不要悲伤。

"真的可以永远不悲伤吗？"我问文治，"不可能的。"

"签语是这样写的。"

"轮到你了，快选一块。"

文治在盘子中选了一块，拿出里面的签语纸来。

"上面写些什么？"我问他。

他把签语纸给我看，签语是：

　　珍惜眼前人。

谁是眼前人？他望着我，有点儿尴尬。

"走吧。"他说。

回家的路上，寒风刺骨，微雨纷飞。

"已经是春天了。"我说。

他没有回答我，他的眼前人是我吗？

"我到了。"我说。

他停车，跟我道别。

"为什么你不说再见？"他问我。

"你想知道吗？"

"如果你不想说，也没关系——"

"爸爸最后一次进医院的那个早上，我离家上学，临行前，我跟他说：'爸爸，再见。'结果我放学之后，他已经不在了。妈妈临终前躺在医院，她对我说：'以后你要自己照顾自己，来，跟我说再见。'我对她说了一声再见，结果我永远再也见不到她。我讨厌别离，'再见'对我来说，就是永远不再见。"

"对不起。"

"祝你永远不要悲伤。"我说。

"谢谢你。"

他在风中离去，那背影却愈来愈清晰。

他是另有眼前人吧？

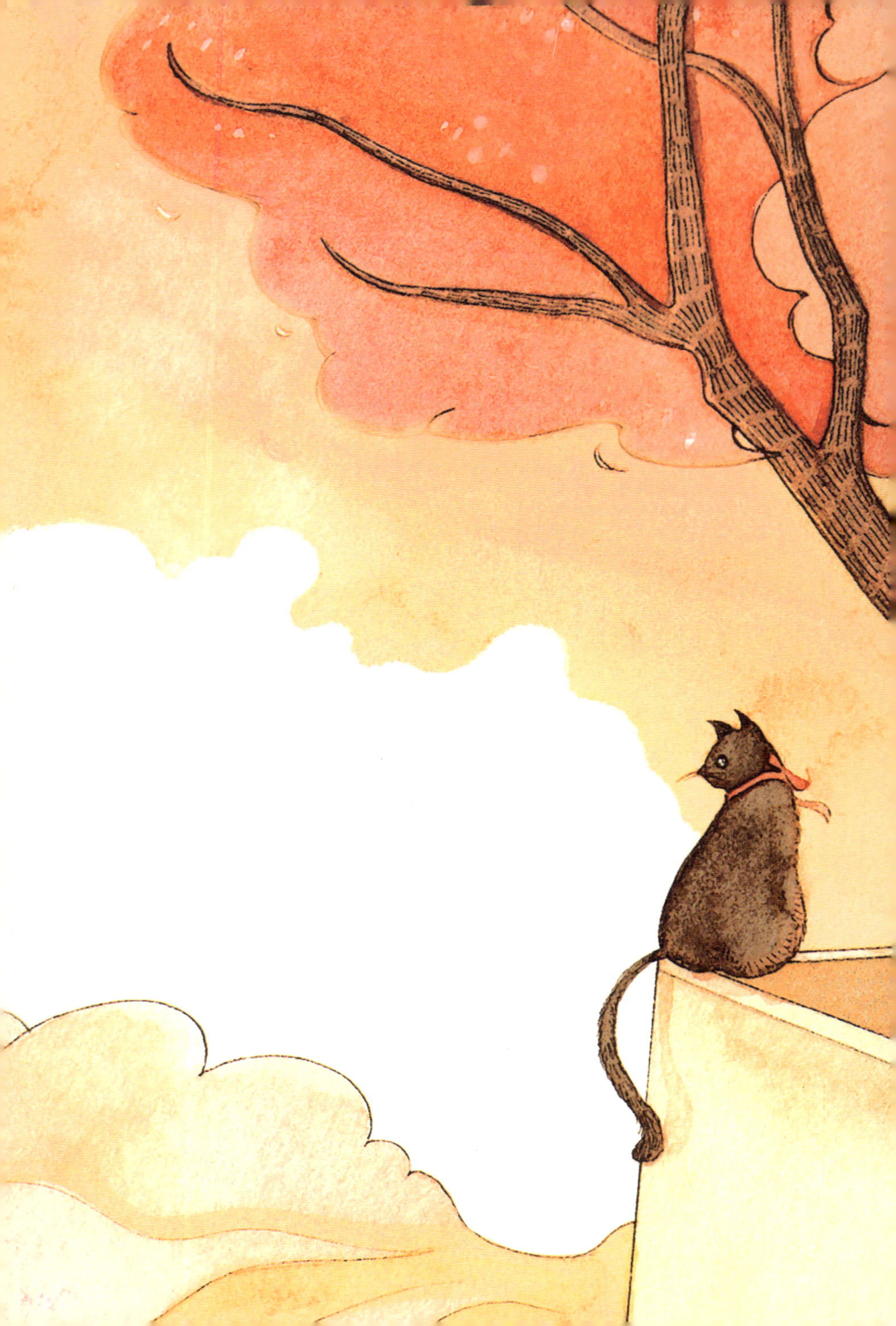

第二章

方维志和高以雅的婚礼很简单,只是双方家人和要好的朋友一起吃一顿饭。高以雅的白色裙子是我替她做的,款式很简单。

"我身上这条裙子是蜻蜓的作品。"高以雅向大家宣布。

"将来你也要替我设计婚纱。"良湄说。

临别的时候,高以雅拥抱着我,说:"希望将来到处都可以买到你的作品。"

"谢谢你。"

"我后天便要上机了。"

"这么快?"

我看得出她很舍不得走。她紧紧握着方维志的手,她是否自私,我不知道,有一个男人愿意等她三年,她是幸福的。在这个步伐匆匆的都市里,谁又愿意守身如玉等一个人三年?

"文治,你负责送蜻蜓回家。"喝醉了的方维志跟文治说。

"没问题。"文治说。

"你是不是追求蜻蜓?"方维志突然问他。

文治尴尬得满脸通红,我都不敢望他。

"哥哥,你别胡说。"良湄笑着骂他。

"你为以雅设计的裙子很漂亮。"路上,文治首先说话。

"谢谢。"

然后,又是一阵沉默。

文治如果真的喜欢我,应该趁着这个机会告诉我吧?可是他没有。

"那个特辑完成了没有?"我问他。

"已经剪辑好了。"

"什么时候播出?"

"快了,我还没有想好这辑故事的名字,什么'移民梦'之类的名字毫无新意。"

车子到了我家楼下。

"有没有想过就叫'别离是为了重聚'?"我向他提议。

他怔怔地望着我,好像有些感动。

"故事里那位太太不是这样说的吗?"我搓着冰冷的双手说。

"是的。"他的声音有点颤抖,也许是风太冷了。

忽然之间,我很想拥抱他。

"我上去了,这里很冷。"我掉头跑进公寓里,努力抛开想要拥抱他的欲望。

那个移民故事特辑终于定名为"别离是为了重聚"。

播出的时候,我在家里收看。文治在冰天雪地里娓娓道出一个别离是为了重聚的故事。那个探亲之后孤单地回到香港的丈夫,在机舱里来来回回哼着粤剧《凤阁恩仇未了情》里面的几句歌词:

"人生如朝露,何处无离散。"

从前的别离,是为了国家。为了国家,放下儿女私情。

今天的别离,首先牺牲的,也是儿女私情。

儿女私情原来从不伟大,敌不过别离。

我打了一通电话给文治。

"你在看吗?"我问他。

"嗯。"

"很感动。"

"是的。"他带着唏嘘说。

画面冉去,我整夜也睡得不好。

午夜爬起床,我画了很多张设计草图。

杨弘念是我们的客席讲师，也是香港很有名气的时装设计师，一天下课后，他把我叫到他的办公室，说：

"我打算推荐你参加七月份在巴黎举行的新秀时装设计大赛。"

"什么？"我不敢相信自己的耳朵。

"这是由各地时装设计学院推荐学生参加的比赛。"

"为什么你会选中我？"

"你以前的设计根本不行。"他老实不客气地说，"但是最近这几款设计，很特别，有味道。"

那一辑草图正是我在那个无法成眠的晚上画的。

"现在距离七月只有三个月时间准备。"我担心。

"我可以帮你，怎么样？"

我当然不可能拒绝。

我立刻就想到要把这个好消息告诉文治。我在学校里打了一通电话给他。

"我有一个好消息告诉你。"

"我也有一个好消息告诉你。"他说。

"我们晚上出来见面好吗？"

"好的,在哪里?"

我约了文治在铜锣湾见面。

"你的好消息是什么?"我问他。

"公司决定把'别离是为了重聚'这个特辑送去参加纽约一个国际新闻纪录片比赛。你的好消息又是什么?"

"也是一个比赛,讲师推荐我参加巴黎的国际新秀时装设计大赛。"

"真的?恭喜你,可以去时装之都参赛,不简单的。"

"高手如云,我未必有机会呢。"

"能够参加,已经证明你很不错。"

"但是距离比赛只有三个月,我必须在这三个月内把参加比赛的一批衣服赶出来,时间很紧迫。"

"你一定做得到的。"

"我差点儿忘了恭喜你。"

"谢谢。"

"这三个月我不能再到电视台报告天气了,因为工作实在太紧迫,我要专心去做。我已经跟方维志请了假,准备迎接三个月昏天暗地的日子。"

"那我们三个月后再见,不要偷懒。"

那三个月里，我每天都在杨弘念专用的制衣厂里，跟他的裁缝一起工作，修改草图、选布料，找模特儿试身。

昏天暗地的日子，益发思念文治，只好趁着空当，在制衣厂里打电话给他。

"努力呀。"他总是这样鼓励我。

"我很挂念你。"我很想这样告诉他，可是我提不起勇气，等到我从巴黎回来，我一定会这样做。

差不多是在出发到巴黎之前的两天，我终于完成了那批参赛的服装。

我早就告诉过文治，我会在七月二日起程，如果他对我也有一点意思，他应该会打一通电话给我。

七月一日的那天，我留在家里，等他的电话。他负责黄昏的新闻报道。新闻报道结束之后，他并没有打电话给我。

也许他根本忘了我在明天出发。

晚上十点多钟，正当我万念俱灰的时候，他的电话打来了。

"你还没有睡吗？"

"没有。"我快乐地说。

"我刚才要采访一宗突发新闻，所以这么晚才打来，你是不是明天就出发？"

"嗯。"

"我明天早上有空,你行李多不多,要不要我来送机?"

"不,我不是说过讨厌别离吗?机场是别离最多的地方,不要来。"

"哦。"他有点儿失望。

"你现在在哪里?"我舍不得让他失望。

"我在家里,不过晚一点要回电视台剪片。"

"不如你过来请我喝一杯咖啡,当作送行,好吗?"

"好,我现在就过来。"

我换好衣服在楼下等他,三个月不见了。我从来没有像这一刻那样期待一个人的出现。

文治来了,并没有开车来。

"你的电单车呢?"

"拿去修理了。"他说。

三个月不见,站在我面前的他,样貌丝毫没变,眼神却跟从前不一样了。他望着我的眼神,好像比从前复杂。

我垂下头,发现他用自己的右脚踏着左脚,他不是说过紧张的时候才会这样做的吗?

他是不是也爱上了我?

选择步行而来,是因为双脚发抖吗?

"你喜欢去哪里?"他问我,用复杂的眼神等我回答。

"去便利商店买一杯咖啡,一边喝一边走好吗?今天晚上的天气很好。"

我们买了两杯咖啡,走出便利商店。

周五晚上的骆克道,灯红酒绿,吧女在路上招摇,风骚的老女人在酒吧门前招徕客人,卖色情杂志的报贩肆意地把杂志铺在地上。虽然看来堕落而糜烂,湾仔对我来说,却是一个安全的地方。

"纽约新闻奖的结果有了没有?"我问他。

"这个周末就揭晓。"

"那个时候我在巴黎,你打电话把结果告诉我好吗?"我央求他。

"如果输了呢?"

"不会的。那个特辑很感人,别离,本来就是人类共通的无奈。"

"你呢?心情紧张吗?"

"你说得对,能去巴黎参赛,已经很难得,胜负不重要。况且,可以免费去巴黎,太好了,比赛结束之后,我会坐夜车到伦敦看看,在那里留几天。"

"你不是说很喜欢意大利的吗?为什么不去意大利?"

"对呀,就是因为太喜欢,所以不能只留几天,最少也要留一个月,我哪有时间?还要回来准备毕业作品呢。"

"真奇怪。"

"什么奇怪?"

"如果很喜欢一个地方,能去看看也是好的,即使是一两天,又有什么关系?"

"我喜欢一个地方,就想留下来,永远不离开。喜欢一个人也是这样吧?如果只能够生活一段日子,不如不要开始。"

"是的。"他低下头说。

咖啡已经喝完,文治送我回家。

"你到了。"他说。

我舍不得回去。

"你什么时候回电视台?"我问他。

"一点钟。"

我看看手表,那时才十一点四十五分。

"时间还早呢,你打算怎样回电视台?"

"坐地铁。"

"我送你去地铁站好吗?我还不想睡。"

他没有拒绝我。

我陪他走到地铁站外面。

"时间还早呢。"他说,"如果你不想睡,我陪你在附近走走。"

"好的。"

结果,我们又回到我家楼下。

"我说过要送你去地铁站的——"我说。

"不用了,地铁站很近。"

"不要紧,我陪你走一段路。"

我们就这样在湾仔绕了不知多少个圈,最后来到地铁站口,已经是十二点四十分,谁也没时间陪对方走一段路了。

"我自己回去好了。"我说。

文治望着我,欲言又止,我发现他又在用右脚踏着左脚面。

我好想抱着他,可是我明天就要走了。

"希望你能拿到奖。"他结结巴巴地说。

我有说不出的失望。

"你也是。"我祝福他。

"回来再见。"他移开踏在左脚上的右脚。

"保重。"我抬头说。

我转身离开,没有看着他走进地铁站,我舍不得。整夜不停地绕圈,腿在绕圈,心在绕圈,到底还要绕多少个圈?

杨弘念陪我一起去巴黎。他在巴黎时装界有很多朋友。有他在身边,我放心得多。

时装圈子有很多关于杨弘念的传闻,譬如说他脾气很怪,有很多女朋友。他的名字曾经跟多位当红的模特儿联系在一起。

他每星期来跟我们上两课。以他的名气,他根本不需要在学院里教学生,我觉得他真的是喜欢时装。

"你是不是在电视台报告天气?"在机舱里,杨弘念问我。

"你也看到了吗?"

"那份工作不适合你。"

"为什么?"

"你将来是时装设计师,去当天气报告女郎,很不优雅。"

我有点生气,跟他说:

"我只知道我需要生活,时装设计师也不能不食人间烟火。

我没钱。"

"没有一个时装设计师成名前是当过天气报告女郎的。"他慢条斯理地说。

"我不一定会成名。"

"不成名,为什么要当时装设计师?在这一行,不成名就是失败。你不要告诉我,你这一次去巴黎,并不想赢。"

空中服务员在这个时候送晚餐给乘客,杨弘念施施然从他的手提袋里拿出一只香喷喷的烧鹅来。

"我每次都会带一只烧鹅上飞机。"他得意洋洋地说。

"你要吃吗?"他问我。

"不要,你自己吃吧。"我赌气地说。

"太好了,我不习惯与人分享。"

他津津有味地吃他的烧鹅,我啃着那块像纸皮一样的牛排。

"你成名前是干什么的?"我问他。

"你为什么想知道?"他反问我。

"我想你成名前一定做着一些很优雅的工作。"我讽刺他。

"我是念建筑的,在建筑师楼工作。"

"建筑?一个建筑师跑去当时装设计师?"

"时装也是一种建筑,唯一不同的是时装是会走动的建筑物。"

"我只是个做衣服的人，我是裁缝的女儿。"

"怪不得你的基本功那么好。"

没想到他居然称赞我。

"可是，你的境界还不够。"他吃过烧鹅，仔细地把骨头包起来。

"怎样可以提升自己的境界？"

"你想知道吗？"

我点头。

他笑了一下，然后闭上眼睛睡觉。

真给他气死。

虽说是设计界的新秀比赛，但是对手们的设计都十分出色。在那个地方，我忽然觉得自己很渺小。

结果，很合理地，我输了，什么名次也拿不到。虽然口里不承认想赢，但是我是想赢的。

跟杨弘念一起回到酒店，我跟他说：

"对不起，我输了。"

"我早就知道你会输。"他冷冷地说，然后撇下我一个人在大堂。

我冲上自己的房间，忍着眼泪，告诉自己不要哭，不要给杨弘念看扁。

这个时候，电话铃声响起，我拿起话筒：

"谁？"

"是周蜻蜓吗？"

"我是。你是谁？"

"我是徐文治——"

"是你？"

"告诉你一个好消息，那个特辑拿了金奖。"

"恭喜你。"

"你呢？你怎么样？"

"我输了。"我拿着话筒哽咽。

"不要这样，你不是说，能到巴黎参赛已经很不错吗？"他在电话那一头安慰我。

他愈安慰，我愈伤心。

"听我说，你并没有失去些什么，你得的比失的多。"他说。

"谢谢你。"

"行吗？"

"我没事的。"

"那我挂线了。"

"嗯。"我抹干眼泪。

"再见。祝你永远不要悲伤。"

"谢谢你。"

虽然输了,能够听到文治的安慰,却好像是赢了。

第二天晚上,我把房间退了,准备坐夜车到伦敦。

我不知道是否应该跟杨弘念说一声,虽然他那样可恶,但他毕竟和我一道来的,我一声不响地离开,好像说不过去。

我走上杨弘念的房间,敲他的门,他睡眼惺忪出来开门。

"什么事?"他冷冷地问我。

"通知你一声,我要走了。"

"你就是因为这个原因吵醒我?"

"对不起。"我难堪地离开走廊。

他砰然把门关上。

我愈想愈不甘心,掉头走回去,再敲他的门。

他打开门,见到又是我,有点愕然。

"就是因为我输了,所以你用这种态度对我?"我问他。

"我讨厌失败,连带失败的人我也讨厌。"

"我会赢给你看的。"我悻悻然说完,掉头就走,听到他砰然把门关上的声音。

我憋着一肚子气,正要离开酒店的时候,大堂的接线生叫住我:

"周小姐,有电话找你,你还要不要听?"

我飞奔上去接电话,是文治。

"你好了点没有?"他问我。

没想到是他,我还以为是杨弘念良心发现,打电话到大堂跟我道歉,我真是天真。

我努力压抑自己的泪水。

"我现在就要坐夜车去伦敦。"我说。

"路上小心。"他笑说。

"你可以等我回来吗?回来之后,我有话要跟你说。"

回去之后,我要告诉他,我喜欢他。

"嗯。"他应了一声,仿佛已经猜到我要说什么。

"我要走了。"我说。

"再见。"

"谢谢。"

在从巴黎开往伦敦的夜车上,都是些孤单的旅客,可是我不再孤单。

在伦敦,我用身上所有的钱买下一个小小的银色的相架,

相架可以放三张大小跟邮票一样的照片。相架的左上角有一个长着翅膀的小仙女,她是英国一套脍炙人口的卡通片里的主角花仙子。相架上,刻着两句诗,如果译成中文,大概就是这个意思:

叶散的时候,你明白欢聚。

花谢的时候,你明白青春。

五天之后,回到香港的家里,我正想打电话给文治,良湄的电话却首先打来了。

"你什么时候回来的?我找你很多遍了。"

"刚刚才到,什么事?"

"徐文治进了医院。"

"为什么?"我吓了一跳。

"他前天采访新闻时,从高台上摔下来,跌伤了头。"

"他现在怎么样?"

"他昏迷了一整天,昨天才醒来,医生替他做了计算机扫描,幸亏脑部没有受伤。"

我松了一口气,问良湄:"他住在哪一家医院?"

我拿着准备送给他的相架,匆匆赶去医院。只是,我从没想过,走进病房时,我看到一个年轻女人,坐在床沿,正喂他喝汤。

那一刹那,我不知道应该立刻离开还是留下来,但是他身边的女人刚好回头看到了我。

"你找谁?"女人站起来问我。

头部包扎着的文治,看到了我,很愕然。

我结结巴巴地站在那里,不知所措。

"让我来介绍——"文治撑着虚弱的身体说,"这是我的同事周蜻蜓,这是曹雪莉。"

"你也是报告新闻的吗?"曹雪莉问我。

"我报告天气。"我说。

"哦。"她上下打量我,仿佛要从中找出我和文治的关系。

"请坐。"文治结结巴巴地跟我说。

"不了，我还有事要办。"我把原本想送给他的相架放在身后，"良湄说你进了医院，所以我来看看，你没什么吧？"

"没什么了，谢谢你关心。"曹雪莉代替他回答。

"那就好了，我有事，我先走了。"我装着真的有事要去办的样子。

"再见。"曹雪莉说。

文治只是巴巴地望着我。

"谢谢。"我匆匆走出病房。

出去的时候，方维志刚好进来。

"蜻蜓——"他叫了我一声。

我头也不回地离开走廊。

本来打算要跟文治说的话，已经太迟了，也许，我应该庆幸还没有开口。

我在医院外面等车，方维志从医院出来。

"哥哥。"我叫了他一声，我习惯跟良湄一样，叫他哥哥。

"什么时候回来的？"他问我。

"今天下午。"

"在巴黎的比赛怎么样？"

"我输了。"

"哦,还有很多机会啊。你手上拿着的是什么东西?"他指着我手上那个用礼物盒载着的相架。

"没用的。"我把相架塞进皮包里。

"文治的女朋友一直住在旧金山。"

"是吗?"我装着一点也不关心。

"他们来往了一段时间,她便移民到那边。"

"你早就知道了?"我心里责怪他不早点告诉我。在他跟高以雅请吃喜酒的那天晚上,他还取笑文治追求我。

"曹雪莉好像是一九八四年初加入英文台当记者的,她在史丹福毕业,成绩很棒。几年前移民后,就没有再回来,我以为他们分手了。"

一九八四年?如果一九八三年的时候,我答应到电视台担任天气报告女郎,我就比她早一步认识文治,也许一切也会不同,但那个时候,我只是个念预科的黄毛丫头,怎可能跟念史丹福的她相比?

"他们看来很好啊。"我说。

"我也不太清楚。"他苦笑,"文治是个有责任感的男人。有责任感的男人是很痛苦的。"

"你是说你还是说他?"

"两个都是。"

"你不想跟以雅结婚吗?"

"我是为了负责任所以要等她,千万别告诉她,她会宰了我。"他苦笑。

那天之后,我没有再去医院探望文治,我想不到可以用什么身份去探望他。

知道他康复出院,是因为在直播室里看到他再次报告新闻。

我站在摄影机旁边看着他,那个用右脚踏着左脚的文治,也许只是我的幻觉。

新闻报告结束,我们无可避免地面对面。

"你没事了?"我装着很轻松地问候他。

"没事了,谢谢你来探望我。"

"我要过去准备了。"我找个借口结束这个尴尬的时刻。

报告天气的时候,我悲伤地说:

"明天阳光普照。"

阳光普照又如何?

报告完天气,我离开直播室,看到文治在走廊上徘徊。

"你还没走吗?"我问他。我心里知道,他其实是在等我。

"我正准备回家。你去哪里?是不是也准备回家?"

"不。"我说。

他流露出失望的神色。

"我回学校去，你顺路吗？"

"顺路。"他松了一口气。

再次坐上他的电单车，感觉已经不一样了。我看着他的背，我很想拥抱这个身体，但这个身体并不属于我。

"你女朋友呢？不用陪女朋友吗？"我问他。

"她回去旧金山了。"

"这么快就走？"

"是的。"

"特地回来照顾你，真是难得。"

"她不是特地回来照顾我的，她回来接她外祖母过去，刚好碰上我发生意外。"

"她什么时候回来？照理她拿了公民身份，就可以回来跟你在一起。"

"她已经拿到了，但是她不喜欢香港，她很喜欢那边的生活。她在那边有一份很好的工作。"

文治没有再说下去，我也没法再装着若无其事地跟他谈论他女朋友。我愈说下去，愈显得我在意。可是，我们两个愈不说话，却也显得我们两个都多么在乎。沉默，是最无法掩饰的失落。

车子终于到了学校。

"谢谢你。"我从车上跳下来。

"有一件事,一直想跟你说——"他关掉电单车的引擎。

我站在那里,等他开口。

他望着我,欲言又止,终于说:

"对不起,我应该告诉你我有女朋友,我不是故意隐瞒,只是一直不知道怎样说——"

"你不需要告诉我。"我难过地说,"这是你的秘密,况且,我们没发生过什么事——"

我在背包里拿出那个准备送给他的相架来,我一直都放在身边。

"在伦敦买的,送给你,祝你永远不要悲伤。"

他接过相架,无奈地望着我。

"这个相架可以放三张照片,将来可以把你、你太太和孩子的照片放上去。"

"谢谢你。"他难过地说。

"不是说过不要悲伤吗?"

他欲语还休。

"不要跟我说再见。"我首先制止他。

他望着我,不知说什么好。

"我要进去了。"我终于鼓起勇气说。再不进去,我会扑进他怀里,心甘情愿当第三者。

我跑进学校里,不敢再回头看他。

他本来是我的,时光错漏,就流落在另一个女人的生命里,就像家私店里一件给人买下了的家私那样,他身上已经挂着一个写着"SOLD"的牌子,有人早一步要了,我来得太迟,即使多么喜欢,也不能把他拿走,只可以站在那里叹息。

爱,真的是美在无法拥有吗?

第二天,我打电话给方维志,辞去电视台的兼职。

"为什么?"他问我。

"我要准备毕业作品。"我说。

我只是不能再见到文治。

文治也没有找我,也许方维志说

得对，负责任的男人是很痛苦的。

良湄在中环一家规模不小的律师行实习，熊弼留在大学里攻读硕士课程。那天晚上，良湄来我家找我，我正忙着准备一个星期后举行的毕业生作品比赛。

"你真的就这样放弃？"良湄问我。

"你以为我还可以怎样？"

"既然他和女朋友长期分开，为什么不索性分手？"

"也许文治很爱她，愿意等她，就像你哥哥愿意等以雅一样。"

"不一样的，哥哥跟以雅已经结婚，而且有很多年的感情。"

"也许文治和曹雪莉之间有一项盟约，他在香港为自己的理想努力，她拿一个外国公民权，必要时可以保障他，令他没有后顾之忧。"

"你真的相信是这样吗？"良湄反问我。

"我只能这样相信，况且，不相信也得相信，我没法跟她相比。"

"你太没自信了。"良湄骂我。

"到现在我才明白，爱上一个没有女朋友的男人，是多么幸运的一回事。"我黯然说。

"这是不是叫作适当的人出现在错误的时间?"良湄问我。

"如果是适当的人,始终也会在适当时间再出现一次。"

"这些就是你的毕业作品吗?"良湄在床上翻看我的设计草图,"很漂亮,我也想穿呢。"

"这次我一定要赢。"

"为什么?"

"我不能输给一个人看。"

"是徐文治吗?"

我摇头。

杨弘念是这次设计系毕业生作品大赛的其中一位评判。

比赛当天,我在台下看到他,他一如以往,显得很高傲,没有理我。

良湄和熊弼结伴来捧我的场,电视台也派了一支采访队来拍摄花絮,只是,来采访的记者,不是文治。

我参加的是晚装组的比赛,我那一系列设计,主题是花和叶。裙子都捆上不规则的叶边,模特儿戴上浪漫的花冠出场,像花仙子。

我想说的,是一个希望你永远不要悲伤的故事。那个我在伦敦买来送给文治的相架上,刻着的诗,诗意是:

叶散的时候,你明白欢聚。

花谢的时候,你明白青春。

花会谢,叶会散,繁花甜酒,华衣美服,都在哀悼一段早逝的爱。

我把我的作品送给那个我曾经深深喜欢过的男人。

那夜轻轻的叮咛,哀哀的别离,依旧重重地烙在我心上,像把一个有刺的花冠戴在头上。

"很漂亮,你一定会赢的。"在台下等候宣布结果时,良湄跟我说。

我也这样渴望,结果,我只拿了一个优异奖,失望得差点站不起来。

"没可能的,你的设计最漂亮。"良湄替我抱不平。

"拿到优异奖已经很不错。"熊弼说。

我当然知道,只拿到一个优异奖就是输。

散场之后,我留在后台收拾。

当我正蹲在地上把衣服上的假花除下来的时候,有一个声音叫我。

我抬头,是杨弘念。

"什么事?"我低头继续做我的事,没理他。

"听说你没有在电视台报告天气了。"

"是的，不过这并不是因为我觉得这份工作不优雅。"

"你有没有兴趣当我的助手？"

我差点以为自己听错了，抬头望着他，他的神情是认真的。

"你不是说过讨厌失败的人吗？今晚我输了，你没理由聘用我。"我冷冷地说。

"你输的不是才华，而是财力，其他得奖的人用的布料都是很昂贵的，效果当然更好。"

忽然之间，我有点感动。

"怎么样？很多人也想当我的助手。"

"我要考虑。"我说。

他有点诧异，大概从来没有人这样拒绝他。

"好吧，你考虑一下，我只能等你三天，三天之内不见你，我就不再等你。"

"你还要考虑些什么呢？"良湄问我。

"我不喜欢他，你没见过他那些难看的嘴脸。"我躺在良湄的床上说。

"这个机会很难得，他只是脾气有点怪怪罢了。"

"你也认为我应该去吗？"

"是他来求你，又不是你去求他。"

"如果身边有个男人就好了。"我苦笑,"遇上这种问题就可以问他。"

"你可以去问问徐文治呀。"良湄扭开电视机,文治正在报道新闻。

我看看钟,奇怪:"这个时候为什么会有新闻报道?"

"是我昨天晚上录下来的。"

文治正在报道昨日举行的设计系毕业生时装比赛。

"虽然人没有来采访,但是这段花边新闻由他报道。"良湄说,"是不是很奇妙?"

我在荧幕上看到了我的设计,那一袭袭用花和叶堆成的裙子,虽然没有胜出,却在镜头前停留得最久。

忽然之间,我有了决定。

"我会去的。"我告诉良湄。

"你决定了?"

"如果有一天,我成名的话,文治就可以经常看到我的作品,或听到我的名字。即使十年或二十年后,他也不会忘记我。如果我没有成名,他也许会把我忘掉。唯一可以强横地霸占一个男人的回忆的,就是活得更好。"

"那么你一定要成名,要永远活在他的脑海里,让他后悔没有选择你。要胜过他那个念史丹福的女朋友。"

为了能永远留在文治的回忆里,我放下尊严,在第三天,来到杨弘念在长沙湾的工作室。

杨弘念正在看模特儿试穿他最新的设计,他见到我,毫不诧异。

"你替我拿去影印。"他把一沓新画好的设计草图扔给我。

"影印?"我没想到第一天上班竟然负责影印。

"难道由你来画图吗?"他反问我。

我只好去影印。他的草图我还是第一次看到,画功流丽,画中的模特儿都有一双很冷漠,却好像看穿人心事的眼睛。

杨弘念另外有一个工作室在他自己家里,是他创作的地方。他住在跑马地一幢有四十年历史的平房里,地下是工作室,一楼是睡房。

他有一个怪癖,就是只喜欢喝一种叫"天国蜜桃"的桃子酒。"天国蜜桃"由意大利威尼斯一家著名的酒吧调配出来,由于受到欢迎,所以酒吧主人把它放入瓶里,自行出品。

"天国蜜桃"是用新鲜蜜桃汁和香槟混合而成的,颜色很漂亮,是带点魔幻色彩

的通透的粉红色。瓶子只有手掌般大小，瓶身透明，线条流丽，喝一口，令人飘飘欲仙，血管里好像流着粉红色的液体。

"天国蜜桃"只能在中环一间专卖洋食品的超级市场里买到，而且经常缺货，杨弘念如果喝不到，就没有设计灵感，所以我的工作之一，就是替他买"天国蜜桃"。

那天，他的"天国蜜桃"喝光了，我跑到那家超级市场，货架上的"天国蜜桃"正缺货，职员说，不知道下一批货什么时候来，我只好硬着头皮回去。

"我不管，你替我找回来。"他横蛮地说。

我唯有再去其他超级市场找，超级市场里没有，我到兰桂坊的酒吧去碰运气，还是找不到，这样回去的话，一定会挨骂。

我在水果店看到一些新鲜的蜜桃，灵机一触，买了几个蜜桃和一瓶香槟回去，把蜜桃榨汁，混合香槟，颜色虽然跟"天国蜜桃"有点差距，但是味道已经很接近了。我放在杯子里，拿出去给杨弘念。

"这是什么？"他拿着酒杯问我。

"'天国蜜桃'。"我战战兢兢地说。

他喝了一口说："真难喝。是哪一个牌子？"

"是我在厨房里调配出来的。"

"怪不得。"他放下酒杯，拿起外衣出去，"找到了再叫我回来。"

"没有'天国蜜桃'你就不做事了?"我问他。

他没理我。

我只好打电话去那家超级市场,跟他们说,如果"天国蜜桃"来了,立刻通知我。

幸好,等了一个星期,"天国蜜桃"来了,杨弘念才肯回到工作台前面,重新构想他的夏季新装。

"如果世上没有了'天国蜜桃'这种酒,你是不是以后也不工作?"我问他。

"如果只能喝你弄出来的那种难喝死的东西,做人真没意思。"

"我就觉得味道很不错。"我还击他。

"所以这就是我和你的分别,我只要最好的。"

"你怎知道我不是要最好的?"我驳斥他。

"希望吧。"

我以为有了"天国蜜桃"他会专心设计,谁知过了两星期,他又停笔。

"什么事?"我问他。

"我的笔用完了。"

"我替你去买。"

"已经找过很多地方了,也买不到。"他沮丧地说。

每个设计师都有一支自己惯用的笔,杨弘念用的那支名叫 Pantel 1.8cm,笔嘴比较粗。

"我去找找。"我说。

我找了很多间专卖美术工具的文具店,都说没有那种笔,由于买的人太少,所以这种笔没有存货。

一天找不到那种笔,杨弘念一天也不肯画图。那天在他家里,我跟他说:

"大家都在等你的设计,赶不及了。"

"没有那支笔,我什么也画不出来。"他一贯野蛮地说。

"那夏季的新装怎么办?"

"忘了它吧!我们出去吃饭。"

我们坐出租车去尖沙咀吃饭,没想到在路上会碰到文治。

出租车停在交通灯前面,他骑着电单车,刚好就停在我旁边。

他首先看到了我,也看到了坐在我身边的杨弘念。他一定会以为杨弘念是我的男朋友。

"很久不见了。"我先跟他打招呼。

杨弘念竟然也跟他挥手打招呼。

文治不知说什么好,交通灯变成绿色,他跟我说:"再见。"

又是一声再见。

"谢谢。"我说。

没见半年了,半年来,我一直留意着马路上每一个开电单车的人,希望遇到文治,这天,我终于遇到他了,偏偏又是错误的时间。

"刚才你为什么跟他打招呼?"我质问杨弘念。

他这样做,会令文治误会他是我男朋友。

"他是不是那个在电视台报告新闻的徐文治?"

"是又怎样?"

"我是他影迷,跟他打招呼有什么不对?"

我给他气死。

"他是不是你以前的男朋友?"

"不是。"

"那你为什么害怕他误会我是你男朋友?"

"谁说我怕他误会?"我不承认。

"你的表情告诉了我。"

"没这回事。"

"他看来挺不错。"

"你是不是同性恋?"

"为什么这样说?就因为我说他不错?"

"半年来,我没见过有女人来找你。"

"我不是说过,我只要最好的吗?"

接着的一个月,杨弘念天天也不肯工作,只是要我陪他吃饭。

"你什么时候才肯工作?"我问他。

"我没有笔。"他理直气壮地说。

"你怎可以这样任性?"

"不是任性,是坚持。别唠叨,我们去吃饭。"

"我不是来跟你吃饭的,我是来跟你学习的。"

"那就学我的坚持。"

半年过去了,找不到那款笔,杨弘念竟然真的什么也不做。除了陪他吃饭和替他买"天国蜜桃",我什么也学不到,再这样下去,再熬不出头,文治会把我忘了。

那天在杨弘念家里,我终于按捺不住问他:

"是不是找不到那支笔,你就从此不干了?"

"我每个月给你薪水,你不用理我做什么。"

"我不能再等,我赶着要成名。"我冲口而出。

"赶着成名给谁看?"他反问我。

"你别理我。"

他沮丧地望着我,说:"难道你不明白吗?"

"我明白,但我不能再陪你等,我觉得很无聊。"

"那你走吧。"他说,"以后不要再回来,我看见你就讨厌。"

"是你要我走的……"我觉得丢下他好像很残忍。这一年来,我渐渐发现,他外表虽然装得那样高傲,内心却很孤独,除了创作,差不多凡事都要依赖我。

"你还不走?我现在开除你。"他把我的背包扔给我。

"我走了你不要后悔。"

"荒谬!我为什么要后悔?快走!"

我立刻拿着背包离开他的家。

这个人为什么要这样对我?我对他仅余的一点好感都没有了。

从跑马地走出来,我意外地发现一家毫不起眼的文具店,为了可以找个地方抹干眼泪,我走进店里,随意看看货架上的东西,谁知道竟然让我发现这半年来我们天天在找的 Pantel 1.8cm。

"这种笔,你总共有多少?"我问店主。

"只来了三十支。"店主说。

"请你统统给我包起来。"

我抱着那盒笔奔跑回去,兴奋地告诉杨弘念。

"我找到了!"

他立刻就开始画草图。

我整夜站在他旁边,看着他完成一张又一张的冬季新装草图。那些设计,美丽得令人心动,原来这半年来,他一直也在构思,只是没有画出来。

"很漂亮。"我说。

"你不是说过辞职的吗?"他突然跟我说。

为了自尊,我拿起背包。

"不要走,我很需要你。"他说。

"我不是最好的。"我回头说。

"你是最好的。"他拉着我的手,放在他脸上。

也许我跟他一样寂寞吧,那一刹那,我爱上了他。

"竟然是杨弘念?"跟良湄在中环吃饭时,我把这个消息告诉她,她吓了一跳。

"是他。"我说。

"那徐文治呢?"

"他已经有女朋友,不可能的了。"

"你不是为了他才去当杨弘念的助手吗?怎么到头来却爱上了杨弘念?"

跟良湄分手之后,我独个儿走在路上,想起她说的话,是的,我为了一个男人而去跟着另一个男人工作,阴差阳错,却爱上了后来者,就好像一个每天守候情人的来信的女孩子,竟然爱上了天天送信来的邮差,是无奈,还是寂寞?生命,毕竟是在开我们的玩笑。

玩笑还不止这一个,那天在银行里,我碰到文治,他刚好就在我前面排队，我想逃也逃不了。

"很久不见了。"他说。

"是的。"

"工作顺利吗？"他问我。

"还不错，你呢？"

"也是一样。那天跟你一起在出租车上的男人，就是那个著名的时装设计师吗？你就是当他的助手？"

"都一年前的事了，你到现在还记得？"

他腼腆地垂下头。

原来他一直放在心里。

"先生，你要的美元。"柜台服务员把一沓美金交给他。

"你要去旧金山吗？"

"是的。"

"去探望女朋友吗？"我装着很轻松地问他。

他尴尬地点头，刹那之间，我觉得心酸，我以为我已经不在意，我却仍然在意。

"我不等了，我赶时间。"我匆匆走出银行，害怕他看到我在意的神色。

外面正下着滂沱大雨，我只得站在一旁避雨。

文治走出来，站在我旁边。我们相识的那一天，不也正是下着这种雨吗?一切又仿佛回到以前。他,必然看到了我在意的神色。

"你很爱她吧?"我幽幽地说。

"三年前她决定去旧金山的时候,我答应过,我会等她。"

"你没有回答我的问题。"

"没人知道将来的事,但是我既然答应过她,就无法反悔。"

"即使你已经不爱她?"

他望着我,说不出话。

雨渐渐停了。我身边已经有另一个男人,我凭什么在意?

"雨停了。"我说。

"是的。"

"我走了。"我跟他道别。

他轻轻地点头,没有跟我说再见。

我跳上出租车,知道了文治只是为了一个诺言而苦苦等待一个女人,那又怎样?她比我早一步霸占他,我来迟了,只好眼巴巴地看着他留在她身边。

我一直不认为他很爱她,也许每一个女人都会这样骗自己。这一天,他证实了我所想的,照理我应该觉得高兴,可是,我却觉得失落。也许,他不是离不开她,而是他不能爱我更多。比起他的诺言,我还是微不足道。

在杨弘念的床上,他诧异地问我:

"你以前没有男朋友的吗?"

也许他觉得感动吧。

但是他会否理解,对一个人的悬念,不一定是曾经有欲。单单是爱,可以比欲去得更深更远。

"你不是曾说我的境界不够吗?"我问他。

"我有这样说过吗?"他用手指抚弄我的头发。

"在往巴黎的飞机上,你忘了吗?"

"我没有忘记——"

"你还没有告诉我怎样才可以把境界提高。"

"我的境界也很低——"他把头埋在我胸口。

"不,你做出来的衣服,也许是我一辈子都做不到的。"

"有一天,你一定会超越我。"他呷了一口"天国蜜桃"说。

"不可能的。"

"你一点也不了解自己。我在你这个年纪,绝做不出你在毕业礼上的那一系列晚装。那个时候,你是在爱着一个人吧?"

"谁说的?"我否认。

"只有爱和悲伤可以令一个人去到那个境界。最好的作品总是用血和爱写成的。曾经,我最好的作品都是为了一个和我一起呷着'天国蜜桃'的女人而做的。"

他还是头一次向我提及他以前的女人。

"后来呢？"我问他

"她不再爱我了。"

"你不是说，悲伤也是一种动力吗？"

"可是我连悲伤都不曾感觉到——"

"你还爱她吗？"

"我不知道——"

忽然，他问我：

"你爱我吗？"

我难以置信地看着他。

"为什么这样看着我？"他有点委屈。

"想不到像你这么高傲的人也会问这个问题。"

"这个问题跟高傲无关，你怎么知道，我的高傲会不会是一件华丽的外衣。"

我失笑。

"你还没有回答我——"他说。

"我还没有达到可以回答这个问题的境界。"我说。

我用一个自以为很精彩的答案回避了他的问题。但是我爱他吗？也许我不过是他的"天国蜜桃"，我们彼此依赖。

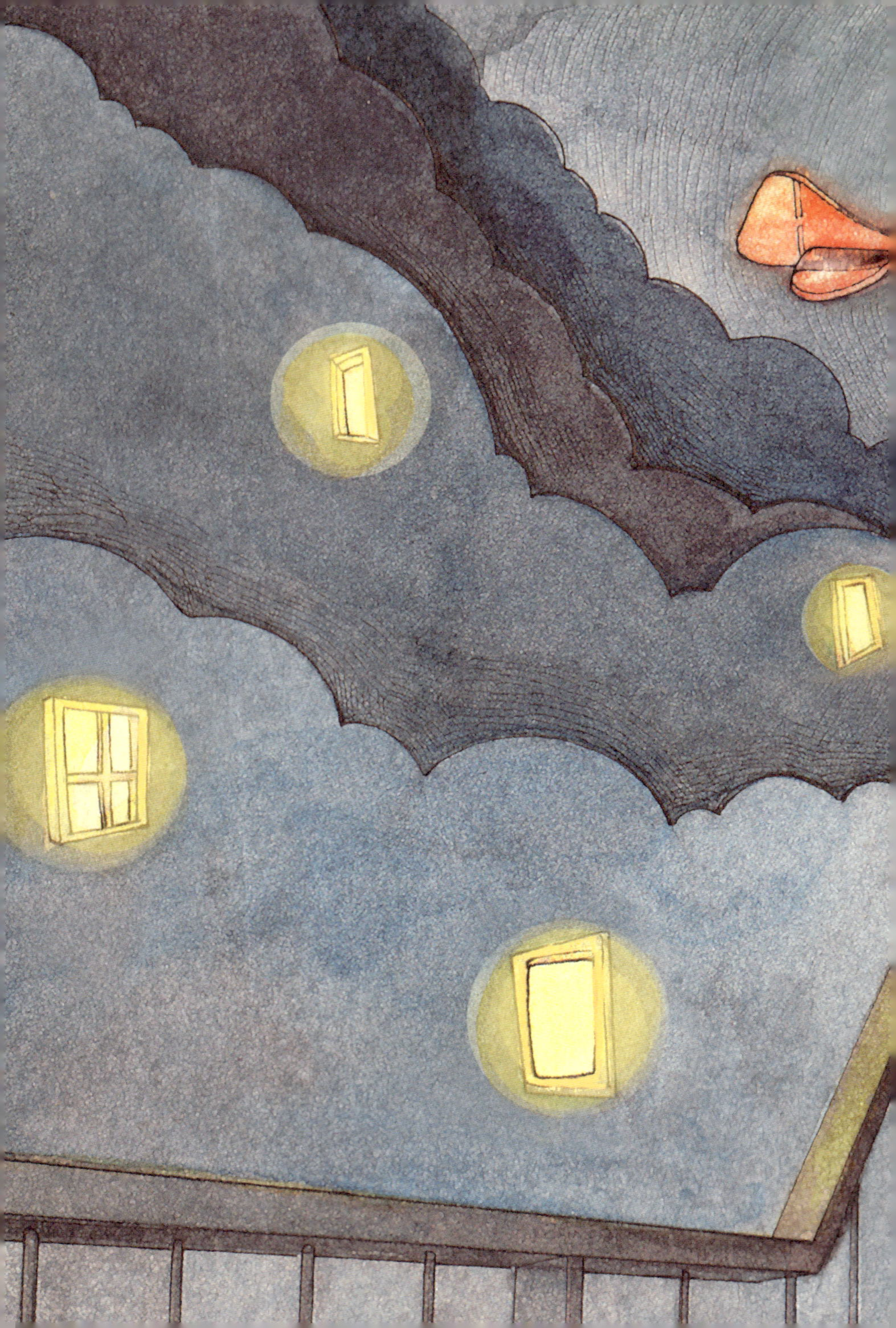

第三章

和杨弘念一起两年多的日子里,我们去了很多地方,包括比利时、纽约、德国、巴黎、日本、西班牙、意大利。为了工作,我和他大部分时间都在旅途上,也因此使我愈来愈相信,我们彼此依赖,依赖的成分甚至比爱更多。

杨弘念很希望能够跻身国际时装界，为此他会不惜付上任何代价，我们最后一次一起是在意大利。

他在米兰开展事业的计划遇到挫折，他带着我，到了威尼斯。

我在威尼斯一家卖玻璃的小商店里发现许多精巧漂亮的玻璃珠，有些玻璃珠是扁的，里面藏着一座金色的堡垒，有些玻璃珠是用几条玻璃条粘在一起烧的，切割出来之后，变成波浪形，里面有迷宫，有风铃，也有昆虫。

"我从没见过这么漂亮的玻璃珠。"我用手捞起一大堆玻璃珠在灯光下细看,它们晶莹剔透,在我掌心上滚动,仿佛真的有一座堡垒在里面。

"你看!"我跟杨弘念说。

他心情不好,显得没精打采。

我把玻璃珠一颗一颗地放进一个长脖子的玻璃瓶里,付了钱给店主,离开那家玻璃店。

杨弘念带我到那家发明"天国蜜桃"的酒吧,我终于尝到了一口最新鲜的"天国蜜桃"。

"我不会再来意大利了。"他说。

"不一定要来意大利才算成功。"我安慰他。

"废话!这里是时装之都,不来这里,难道去沙特阿拉伯卖我的时装吗?"他不屑地说。

泪,忽然来了。我站起身离开。

"我们分手吧。"他说。

"什么意思?"我回头问他。

"你根本不爱我。"他哀哀地说。

"谁说的?"我哭着否认。

"你只是把我当作一个恩人,一个恩师。"

我站在那里,哭得死去活来。他说得对,我们之间的爱从不平等，我敬爱他，被他依赖，但是从来不会向他撒娇，从不曾害怕有一天会失去他。如果不害怕失去，还算是爱吗？

"你走吧，反正你早晚会离开我。"他甚至没有望我一眼。

"我走了，以后谁替你买'天国蜜桃'？"我哽咽着问他。

"我不需要你可怜！我是一个很成功的时装设计师！"他高声叱喝我。

我跑出酒吧，奔回旅馆。

我带在身边的浮尘子钟，正一分一秒地告诉我，时光流逝，爱也流逝。第二天就要回去香港了，杨弘念整夜也没有回来。

第二天早上，我在收拾行李，他回来了。

"你会不会跟我一起回去？"我问他。

他没作声，收拾了自己的行李。

我们坐水上的士到机场，在船上，大家都没说话，只有坐在我们旁边的一个威尼斯人用蹩脚的英语告诉我们：

"威尼斯像舞台布景，游客都是临时演员，今天刮风，圣马可广场上那些正在热吻的男女，都像在诀别——"

船到了机场。

"再见。"杨弘念跟我说。

"你要去哪里？"我愣住。

"你昨天晚上甚至没有担心我去了哪里,我还没有回来,你竟然可以收拾行李。"他伤心地说。

我无言以对。

他留在船上,没有望我一眼。

船在海上冉冉离去,他甚至没有给我一个离别的吻。

威尼斯的机场也能嗅到海水的味道,我独个儿坐在那里,

"天国蜜桃"的味道已经飘得老远。我忽而发现，自己是一个多么残忍的人，在离别的那一刻，我并不感到悲伤，我只是感到难过。

难过和悲伤是不同的。

悲伤是失去情人。

难过是失去旅伴，失去一个恩师。

当他对我说再见，然后不肯回头再望我的那一刹那，我只是感觉他好像在跟我说：

"我可以教你的东西都已经教给你了，你走吧。"

于是，我知道是时候分手了。

我毫无理由地爱着另一个人，我仿佛知道他早晚会回到我身边。我祝愿他永远不要悲伤，我期望我们能用欢愉来迎接重逢。至于杨弘念，不过是阴差阳错，而在我生命里勾留的人，我无法爱他更多。

飞机起飞了，我要离开威尼斯。

"你以后打算怎样？"良湄问我。

"我写了自荐信去纽约给一位时装设计师卡拉·西蒙，希望能跟她一起工作。我和杨弘念在纽约见过她，她很有才华，早晚会成为世界一流的设计师。不过，我还没有收到她的回复。"我一边收拾东西一边说，离开了一个月，家里乱糟糟的。

"如果真的要去纽约，要去多久？"

"说不定的，我看最少也要两三年。放心，如果你跟熊弱结婚的话，我一定会回来参加你的婚礼。他拿了硕士学位之后打算怎样？"

"他说想留在学校里继续做研究。"

"他不是想当科学家吧？"

我真的担心熊弼。良湄已经在社会上打了三年滚,她负责商业诉讼,每天面对的,是尔虞我诈、弱肉强食的世界。熊弼却一直躲在实验室里,不知道外面的变化。

"有时我觉得他是一个拒绝长大的男人。"良湄说。

"长大有什么好呢?长大了,就要面对很多痛苦。"我说。

"你被杨弘念抛弃了,为什么你看来一点也不伤心?"

"我看来不伤心吗?"

"你绝对不像失恋,你真的一点也不爱他。"

我不是没有爱过杨弘念,我只是没法让他在我心里长久地占着最重要的位置。

我把那袭柠檬黄色的雨衣从皮箱里拿出来放进衣柜。

"你有一袭这样的雨衣吗?为什么我没见过?很漂亮!"良湄把雨衣穿在身上。

"我自己缝的。"我说。

雨衣是那年为了让文治在雨中看到我而缝的,我曾经站在他那辆电单车旁边痴痴地等他回来。

"我缝一件送给你。"我说。

"我要跟这件一模一样的。"良湄说。

那天,我为良湄缝雨衣时,缝纫机的皮带忽然断了。

这部手动缝纫机是爸爸留下的，少说也有二十年历史，虽然功能比不上电子缝纫机，但是我用惯了，反而喜欢。用手和双脚去推动一部缝纫机，那种感觉才像在做衣服，尤其是寒夜里，穿上文治送给我的那双灰色的羊毛袜，来来回回踏在缝纫机的脚踏上，仿佛在追寻一段往事。所以，我一直舍不得把它换掉。

会修理这种缝纫机的人已经很少,我跑到附近的修理店碰运气。

外面下着雨,我穿上雨衣走到街上,跑了好几家修理店,他们都说不懂修理这种古老缝纫机。

最后,我跑到一家五金零件店找有没有缝纫机用的皮带,如果有的话,说不定可以自己更换。

走进店里,一个熟悉的背影正专心在货架前找钉子。

暌违一年多,那是文治的背影,我站在他后面,不知道应该上前跟他相认还是应该离开。外面的雨愈下愈大,相认也不是,走也不是,时间一分一秒地过去,我站在他身后,像个傻瓜一样伫立着。我们总是在雨中相逢,不是我们控制雨水,而是雨水控制我们。

"小姐,麻烦你让一让,你阻塞着通道。"店主不客气地惊醒了我。

文治回头,看到了我。

我们又重逢了,相认也不是,走也不是。

"很久不见了。"他首先说话。

"你在买什么?"我问他。

"买几颗钉子,家里有一边柜门松脱了。你呢?"

"我那部缝纫机的皮带断了,我看看这里有没有那种皮带。"

"这种地方不会有的,你用的是手动缝纫机吗?"

"是的,算是古董。"我笑着说,"无法修理,就得买一部新的,我已经找了好几个地方。"

"我替你看一看好吗?"

"你会修理缝纫机吗?"我惊讶。

"我家里以前也有一部。"

"你现在有时间吗?"

他笑着点头:"如果你愿意冒这个险,不介意我可能弄坏你的古董。"

"反正不能比现在更坏了。"我说。

"你的缝纫机放在哪里?"

"在家里。"

"良湄说你刚从威尼斯回来。"

"已经回来两个星期了。外面正下雨,你有带雨伞吗?"

"我来的时候,只是毛毛雨,不要紧,走吧。"文治首先走出店外。

从威尼斯回来,本打算把房子重新收拾一下,所以杂物都堆成一个小山丘。

"对不起,没有时间收拾。"我把杂物移开。

"看来只有把断开的地方重新缝合。"他走到缝纫机前面仔细地研究。

"这样的话,皮带会短了一截。"

"所以要很费劲才能把皮带放上去,你一个女孩子不够气力的。"

我坐下来,把皮带重新缝合,交给文治。

他花了很大气力把皮带重新安装上去,双手有两道深深的皮带印痕。

"你试试。"他说。

我坐在缝纫机前面踩着脚踏,缝纫机动了。

"行了。"我说。

"幸好没有弄坏。"他笑说。

"我倒一杯茶给你。"我站起来说。

那个用杂物堆成的小山丘刚好塌下来,几本相簿掉在文治脚下,文治替我拾起来。

"对不起。"我说。

"不要紧,我可不可以看看?"

"当然可以。"

我走进厨房为他倒一杯茶。我努力告诉自己,要用很平静的心情来面对在我屋子里的他。

我端着茶出去,文治拿着相簿,怔怔地望着我。

"什么事?"我问他。

"这个是我!"他指着相簿里的一张照片说。

那张黑白照片是我四岁时在湾仔一个公园里拍摄的。我坐在秋千上,秋千架后面刚好有一个年纪比我大一点的男孩走上来拾起地上的皮球。

"这个是我!"文治指着照片中那个男孩说。

"是你?"

我仔细看看那个男孩。他理一个小平头,穿着一件印有超人图案的汗衫、短裤和一双皮鞋,刚好抬头望着镜头,大概是看到前面有人拍照吧。

他的眼睛、鼻子,愈看愈像文治。

"我也有一张照片,是穿着这身衣服拍的。"文治连忙从银包里拿出一帧他儿时与爸爸妈妈一起在公园里拍摄的照片给我看。照片中的他,身上的衣服跟我那张照片中的男孩子一样。

"照片的背景也是这个公园。"文治兴奋地说。

我难以置信地望着照片中的他。在一九八三年之前,我们早就见过了。一个拾皮球的男孩,在一个打秋千的女孩身后走过,竟在差不多二十年后重逢。

我忽然明白,为什么我一直毫无理由地等他回来,他本来就是我的。

"我以前常到这个公园玩。"文治说。

"我也是。"

他望着我,刹那之间,不知说什么好。

候鸟回归,但是一直在这里的人,却另有牵挂,重逢又怎样?我们不可能相拥。

"茶凉了。"我说。

他接过我手上的茶杯。

"有没有去探女朋友?"我故意这样问他。

他果然给我弄得很难堪。

原来他还没有离开她。

"我迟些可能会去纽约工作。"我告诉他。

"要去多久?"

"如果那位设计师肯聘用我的话,要去几年,我正在等她的回复。"

他惆怅地说:"希望你成功。"

"谢谢。"

"我不打扰你了,如果缝纫机再坏,你找我来修理。"他放下茶杯说。

"好的。"我送他出去。

"再见。"

"谢谢。"

我目送他走进电梯,忽然想起外面正下着滂沱大雨,我连忙走进屋里,拿了一把雨伞追上去。

我跑到大堂,文治已经出去了。

"文治!"我叫住他。

他回头,看到了在雨中赶上来的我,突然使劲地抱着我。

"不要走。"他在我耳边说。

多少年来,我一直渴望他的拥抱,我舍不得惊醒他,舍不得不让他抱,可是,他误会了。

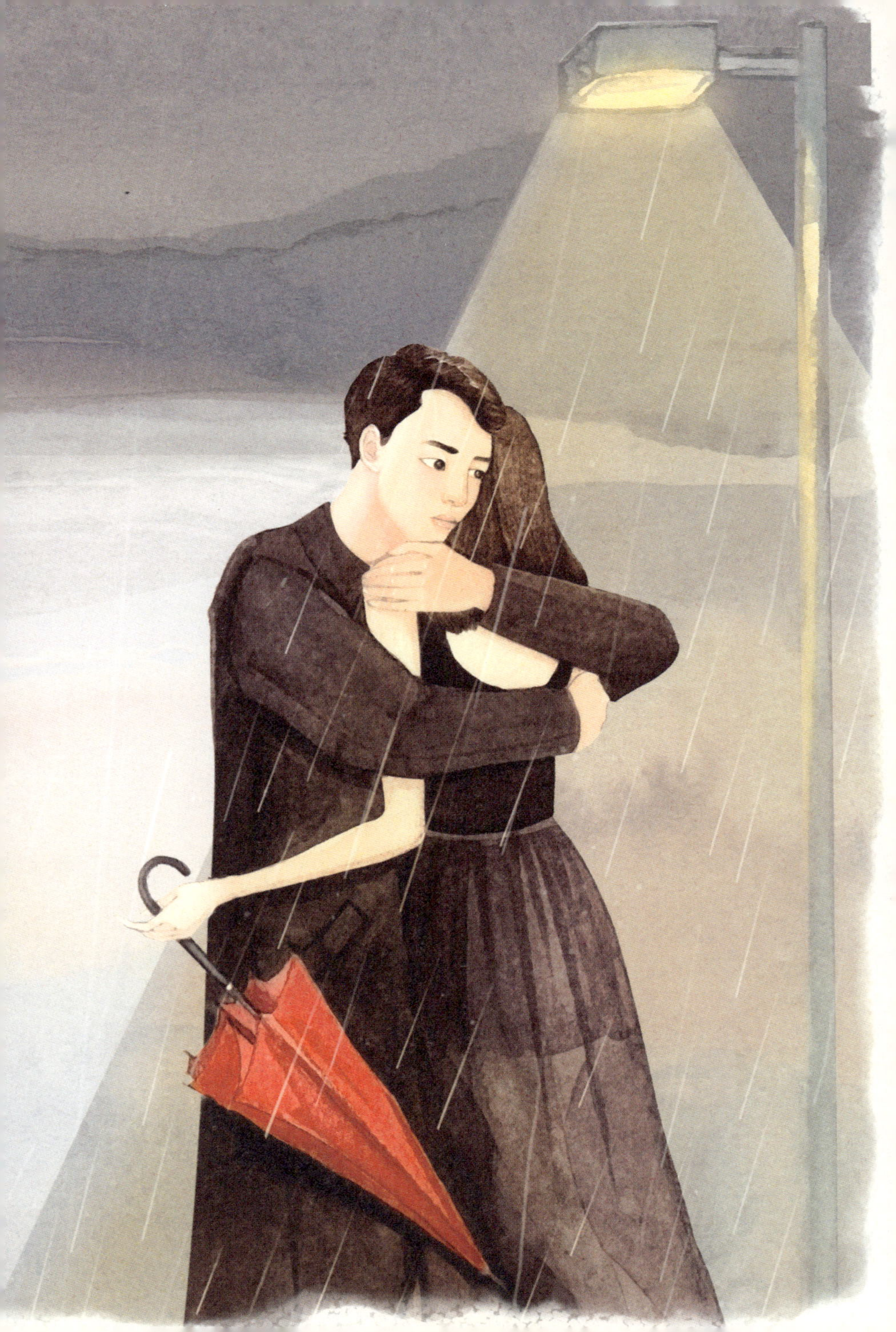

"我是拿雨伞来给你的。"我凄然说。

他这时才看到我手上的雨伞,知道自己误会了,立刻放手。

"对不起。"他难堪地说。

"雨很大,拿着。"我把雨伞放在他手上。

"谢谢。"他接过我手上的雨伞。

"我回去了。"我说。

"再见。"他哀哀地说。

"谢谢。"我跑回公寓里,看着他打着雨伞,落寞地走在路上。

"文治!"我再一次跑上去叫他。

他回头望着我。

"这次我不是要拿雨伞给你!"我扑进他怀里。

"你可以等我吗?"他突然问我。

"我不介意——"我回答他。

"不。"他认真地说,"我不是要你当第三者。我到那边去跟她说清楚——"

我没想到他愿意这样。

"我现在就回电视台去请假,我这几年来都没有放假,应该没问题的——"

"你不需要这样做——"

"如果不需要这样做,我也用不着等到现在。"他轻轻为我抹掉脸上的水珠,"我不想再后悔。答应我,不要走。"

我流着泪点头。

"你回家吧,我现在回电视台去。"

我抱着相簿,一个人躲在屋里,把我们儿时偶遇的照片拿出来,放在手上。我找到了一面放大镜,仔细看清楚照片上的男孩。是的,他是文治,那双令人信赖的眼睛,长大了也没有改变。

一个钟头之后,我接到文治打来的电话。

"我已经拿到假期,明天坐最早的班机到旧金山。"

"你确定了要这样做吗?"我问。

"确定了。"他坚定地说。

"你曾经爱过她吗?"

"是的。"他坦白地承认。

"我只是想告诉你,我也曾经爱过另一个人。"

"我知道。"

"不,你看到我和他在车上的时候,我们还没有开始,那是后来的事。"

"你还爱他吗?"

"我们已经分开了,也许我已经不是两年多前在学校外面和你分手的那个人——"

"你仍然是那个打秋千的小女孩。"他温柔地说。

如果可以,我只是想把那失去的两年多的岁月找回来,但愿生命里从来没有一个杨弘念。我能够把最好的留给文治。

"今天晚上我要留在剪接室剪辑周日晚上播出的'新闻特写',本来很想跟你见面——"他说。

"我等你——"

"不,我也许要忙到明天早上。"

"我明天来送机好吗?"

"不是说不喜欢别离的吗?"他在电话那一头问我。

"我们不是别离——"

不知是否很傻,我把儿时的照片统统拿出来,仔细看一遍,尤其是在那个公园里拍的。我想看看文治会否出现在我另一张照片里。

只有这一张,他闯进了我的生命。

第二天早上,我到机场送他。

"我只去两天,跟她说完了就回来。"他告诉我。

我曾经埋怨他太婆妈,不肯离开一个他已经不爱的女人,他大可以打一通长途电话就跟她说清楚,但他选择面对。我不介意当第三者,他却不想欺骗任何人。我还有什么好埋怨呢?

"我到了那边会打电话回来给你。"他抱着我说。

我凝望着他,不忍说别离。

"你会回来的,是不是?"

"当然啦。"

"事情真的会那么顺利吗?"

"你不相信我吗?"

"不是不相信你,而是世事总是有很多变量,如同明天的雨,不是你和我可以控制的。"

我舍不得让他离开,我很害怕他不再回来。重逢的第二天,我就把他从手上放走,让他回到那个女人身边。她会不会不让他走?他看到了她,会不会忘记了我?

"要进去了,我很快就回来。"他摩挲着我的脸说。

我轻轻地放手。

"再见。"他深深地吻我。

"文治——"我叫住他。

"什么事?"他回头问我。

"买一些玻璃珠回来给我好吗?什么颜色都好。"

"为什么突然爱上玻璃珠？"他笑着问我。

"没什么原因的——"我说。

他跟我挥手道别。

我并没有突然爱上玻璃珠，只是希望他记着我，希望他在旅途上记着他对我的承诺。

那璀璨缤纷，在掌心上滚动的玻璃珠，也像承诺一样，令人动心。

"那个曹雪莉会答应和他分手吗？"良湄问我。

"我不知道。"

"如果我是你，我会和他一起去。"

"太难堪了，好像挟持他去跟另一个女人分手。"

"万一他见到她，突然心软，开不了口，那怎么办？说不定她还会逼他结婚。"

"他不会骗我的，他不是那种人。如果他见到她就无法开口，那就证明他还是爱她，我霸着他也没意思。"

"你要知道，一个人不在你身边，也就是不在你掌握之内。"

"又有什么是在我们掌握之内？"我苦笑。

晚上，文治的长途电话打来了。

"我到了旧金山。"他告诉我。

"她知道你来了吗?"

"我一会儿会打电话给她,明天就会过去。我后天会搭乘国泰二一六号班机回来。"

"我来接你。"

"嗯。"

我愉快地挂断电话,我以为,两天之后,一切都会变得很美好。世事却总是阴差阳错。第二天,我从傍晚新闻报道中看到了旧金山大地震的消息。

黎克特制六点九级大地震,持续了十五秒,奥克兰桥公路整条塌下来,死亡枕藉,全市瘫痪。

为什么偏偏要在这个时候发生?难道我和文治这辈子注定了只能够擦身而过?

良湄的电话打来了,问我:"你有没有看到新闻?"

"现在应该怎么办?"我彷徨地问她。

"我找哥哥想办法。"

良湄挂线之后,我拨电话到文治住的酒店,电话无论如何也接不通。

如果他能平安回来,我宁愿把他让给曹雪莉。我愿意用一辈子的孤单来换取他的生命。那幸福饼里的签语不是说我永远不要悲伤吗?

"哥哥没有曹雪莉在那边的电话地址,他会找几家大报馆,看看她在哪一家报馆工作,另外,他已经找了驻旧金山的记者想办法。"良湄打电话来说。

方维志终于找到了曹雪莉家里的地址和电话。她没有上班,报馆的人没有她的消息。

我不能亲自打电话给曹雪莉,万一她接电话,我用什么身份打给她?我只能叫良湄打给她。

"电话无论如何也接不通。"良湄说,"这几天全城交通瘫痪,通讯设备也瘫痪了,看来不会那么快有消息,另外——"她欲言又止。

"什么事?"

"那位记者会追查死伤者名单。"

我忍不住呜咽。为什么我要跟他重逢?如果我们没有重逢,他不会离开。

"只是循例这样做。"良湄安慰我。

"我知道。"

"要我过来陪你吗?"

"不,我没事,我等他电话好了。"

"那好吧,我会再尝试打电话到曹雪莉家里。"

剩下我,一个人在斗室里,孤单地等一个不知道是否还在世上的男人打电话来。

我没有跟他说再见,从来没有,为什么竟会再见不到他?我不甘心。

一天一夜,一点消息也没有。

他承诺会带一袋玻璃珠回来给我的。他是一个守诺言的男人,我知道。

我悲哀地蜷缩在床上,再看一遍我们儿时偶遇的那张照片。

叶散的时候，你明白欢聚。

我们不过欢聚片刻,我犹记得他肩膀上的余温。一场地震,就可以把我们二十多年的缘分毁掉吗？

电话的铃声忽然响起，我连忙拿起话筒。

"蜻蜓，是我。"

是文治的声音。

"你在哪里？"我问他，"担心死我了。"

"在旧金山，我没事。"

他的声音很沉重。

"是不是有什么事发生？"

"雪莉和她家人的房子在地震中塌下来，她爸爸给压死了，她双脚受了伤，现在在医院里。"

"伤势严重吗？"

"是断骨，要在医院休养一段时间。"

"哦，是这样。"

他沉默，我已经大概想到有什么事情。

"对不起，她很伤心，我开不了口——"他说。

"不用说了，我明白。"

我突然觉得很荒谬，他只差一点就是我的，一场地震，断裂了我们的爱情,却造就了他和另一个女人的倾城之恋。难道我和他这一辈子注定不能在一起吗?命运在开我们的玩笑。

但是,他平安了,我还能要求些什么?我不是许诺愿意把他让给她吗?我不是承诺用一辈子的孤单换取他的生命吗?我只能够沉痛地遵守诺言。

"你好好照顾她吧。"我说。

他沉默。

我抱着话筒,祈求他说一句思念我的话,却只听到他沉重的呼吸声。

我多么害怕从此再听不到他的声音,现在听到了,却不是我想听的。

"长途电话费很贵啊。"我终于打破那可怕的死寂。与其听他再说一遍对不起,不如由我来了断。

"嗯。"他无可奈何地应了一声。

"别这样,不是你的错。"我倒过来安慰他。

"挂线啦。"我说。

"再见。"他说。

"祝你永远不要悲伤。"我强忍着泪说。

电视新闻播出地震后旧金山的面貌,整个市面,一片颓垣败瓦,也埋没了我的爱情。

几天后,我收到从纽约寄来的信,卡拉·西蒙回复说欢迎我和她一起工作,并问我什么时候可以起程,她替我办工作证。信末,她写着这几句:

"旧金山的大地震很恐怖,你没亲人在那边吧?"

是的,我连唯一的亲人都没有了。

到领事馆办理签证手续的那天中午,我和良湄吃午饭。

"你真的要去纽约?"

"都已经办了工作证,何况这是一个很难得的机会,我一

直想去纽约。"

"如果旧金山没有地震,你才不会去。"

"可是我没能力阻止地震发生啊。"

"哥哥说,徐文治这几天就会回来。"

"我过几天就要走了,房子都已经退租。"

"我开始觉得他这个人有点婆妈——"

"这也许是我喜欢他的原因吧。这种男人,当你青春不再,身体衰败的时候,他也不会离开你。"

"那杨弘念呢,他留在威尼斯之后,一直没有回来吗?"

"我没有他的消息。"

"他很爱你呢——"

"我知道。"

"为什么你不选择他,他是你第一个男人。"

"他变得太快了,他今天很爱你,但你不知道他明天还是否一样爱你。别的女人也许喜欢这种男人,但我是个没安全感的女人。生活已经够漂泊了,不想爱得那么漂泊。"

"这次去纽约,要去多久?"

"不知道,也许两三年吧。"

"为什么多么决断的男人,一旦夹在两个女人之间,就立刻变得犹豫不决呢?"

"也许正因为他是好男人,才会犹豫不决吧。"

"那你就不该离开,谁等到最后,就是胜利者。"

"如果要等到最后才得到一个男人,那又有什么意思?我宁愿做失败者,虽然我也和杨弘念一样,讨厌失败。"我苦笑,"房子退了,但有些东西我不会带过去,可以放在你那里吗?"

"当然可以。"

在家里收拾东西的时候,不知道为什么,我有一种感觉,

这一次,我会离开很久。
我不可以忍受等待一个男
人抉择。爱情不是一道选
择题。

这个时候,电话铃声响起。
"我回来了。"
是文治的声音。
"我就在附近,可以出来见面吗?"
"二十分钟后,在楼下等吧。"我说。
我舍不得拒绝他,也许我再也见不到他。
他骑着电单车来找我。
我爬上车,什么也没说,一股脑儿地抱着他的腰,脸紧
贴着他的背脊。
微风细雨,他在路上飞驰,他从没试过开车开得这么快。

也许，在那飞跃的速度之中，他方可以自时间中抽离，也只有这样，他才可以忘记痛苦，忘记现实，忘记他还有另外一个女人放不下。我紧紧地抓着他，沉醉在那凄绝的飞驰之中。

终于，他把车停下来了，即使多么不愿意，我们还是回到现实，自流曳的光阴中抽身而出。

"过两天我要去纽约了。"我告诉他，"卡拉·西蒙答应让我当她的助手。"

他沉默无声。

"你为什么不恭喜我？这是个很难得的机会。"我凄然说。

"对不起，我不能令你留下来。"他黯然说。

"我本来就是个不安定的人。"我安慰他。

"这是我的错——"

"不。你知道旧金山大地震时，我在想些什么吗？我愿意用一切换取你的平安，我要守诺言。况且，你不是那种可以伤害两个女人的男人。"

"你是不是一定要走？"

"你听过有一种虫叫蓑衣虫吗？蓑衣虫一辈子生活在用树叶制成的蓑衣之中，足不出户，肚子饿了就旋转着吃树叶。到了交配期，也只是从蓑衣里伸出头和胸部，等雄蛾来，在蓑衣里交配，然后老死在农夫的蓑衣里。我不想做这一种虫。"

"你说讨厌别离,却总是要别离——"

他难过地凝视着我。

"我这一辈子也不会忘记你,如果天天跟你一起,日后也许会把你忘掉,这是别离的好处。在回忆里,每个人都年轻,一切都是好的。"我哀哀地告诉他。

他用力地抱着我,我把下巴微微地搁在他的肩膀上。

"你知道吗?我觉得能够把下巴这样搁在你的肩膀上是很幸福的。"

他把脸贴着我的脸。

"如果能够成为你身体的一部分,你知道我想成为你哪一部分吗?"

他摇头。

"我想成为你的双眼,那么,我就可以看到你所看到的一切,也许我会更明白你所做的事。"我望着他说。

他使劲地抱着我,不肯放手。

"这样下去,我会死的。"我喘着气说。

他终于轻轻地放手。

"你记得我还欠你一样东西吗?"他从口袋里拿出一袋湖水绿色的玻璃珠来。

我还以为他已经忘了。

"地震之后,还能买到玻璃珠吗?"我愕然。

"我答应过你的。"

我把玻璃珠放在手上,十二颗湖水绿色的玻璃珠里,原来藏着十二面不同国家的国旗。

"希望将来你设计的衣服能卖到这十二个国家。"

"谢谢你。"

他沮丧地望着我。

我爬上车，跟他说："我想再坐一次你开的车。"

他开动引擎，我从后面紧紧地抱着他，流着泪，再一次沉醉在那无声的、凄怆的飞跃之中，忘了我们即将不会再见。

终于，是分手的时候了。

我从车上跳下来，抹干泪水，在昏黄的街灯下，抱着他送给我的玻璃珠。

"我希望将来有机会用这些玻璃珠做一件晚装。"我凄然说。

"那一定会很漂亮。"

"我来送机好吗？"

"不是说不要再见吗？祝你永远不要悲伤。"我抱了他一下，依依地放手。

"你这样令我觉得自己很没用。"他难过地说。

"没用的是我。"我掩着脸，不让自己哭。泪，却不听话地流下来。

"我回去啦！"我转身跑进公寓里，把他留在微风中。

离开香港的前一天，我约了良湄再去那家印度餐厅吃饭。

"你还有心情吃东西吗？"她问我。

"不,我只是想来占卜一下将来。"

那盘幸福饼送来了。

"我也要占卜一下。"良湄先拿一块饼。饼里的签语是:

想把一个男人留在身边,就要让他知道,你随时可以离开他。

"说得太对了。"良湄说。

我闭上眼睛,抽了一块。

"签语是什么?"良湄问我。

签语是:

我们的爱和伤痛,是因为世上只有一个他。

是的,只有一个他。

一九八九年十一月,我带着在威尼斯买的和文治送给我的玻璃珠,一个人到了纽约。

卡拉·西蒙的工作室在第七街,我在格林尼治村租了一间小房子,每天坐巴士去上班。

纽约和香港一样,是个步伐急促的城市,人面模糊。我认识了一些朋友,周末晚上可以和他们共度。

卡拉跟杨弘念不同,杨弘念是个极端任性的人,卡拉却是个很有纪律的设计师。她上午刚刚跟丈夫办完离婚手续,

下午就回到工作室继续工作。回来之后,她只是淡淡地说:

"不用天天跟他吵架,以后可以专心工作——"

卡拉是很爱她丈夫的,他也是时装设计师,两个人一起熬出头来,她的成就远远抛离了他,他爱上了自己的女助手。

"关于成名,女人付的代价往往比男人要大。"卡拉说。

是的,每个女人都希望自己所爱的男人成名,但,不是每个男人也希望自己的女人成名。

在纽约半年,我没有到过唐人街,我刻意不去知道关于香港的一切,可是,我并没有因此忘记文治。每天晚上,我看着放在玻璃碗里的、他送给我的十二颗有国旗的玻璃珠,这是我在冰冷的异乡里努力的因由。我的每一件衣服,都是为他而做的。

那天,在信箱里,我收到良湄从香港寄来的信。

蜻蜓:

你好吗?

现在是香港的春天,本来想传真给你,但是我希望你能看到我的字迹,这样好像比较亲切。

我的月经迟了两个月没有来,我很害怕有了身孕。那一刻,我才知道我多么不愿意替熊弼生孩子。

我曾经想过要怀着他的孩子，每个女人，在爱上一个男人时，都会有这种想法吧？当他压在我身上时，我多么希望我就这样为他生一个孩子，孩子体内流着我和他的血。

许多年后的今天，我竟然不希望这件事发生。验孕结果证实我没有怀孕，我高兴得一口气去买了八套衣服。那一刻，我才发现，我已经不爱熊弼了。

良湄

P.S. 徐文治升职了，他现在是副总编辑，仍然有出镜报告新闻。他还没有跟曹雪莉结婚。我想，他仍然思念着你。

时光流逝，我愈想忘记他，印象却愈清晰。他有很多缺点，他犹豫不决，他没勇气，他没有在适当的时候出现，当我如许孤单的时候，他不在我身边。可是，因为他离我那么远，一切的缺点都可以忘记，只有思念抹不去。

复活节之前一个礼拜，我回到工作室，卡拉神秘地拉着我的手说：

"你看谁来了？"

杨弘念从她的房间走出来。

在威尼斯分手以后,已经大半年没有见过他了。他还是老样子。

"很久不见了。"他说。

"你什么时候来的?"

"昨天刚刚来到,没想到你在这里工作。"

"她很有天分。"卡拉称赞我。

"当然,她是我教出来的。"杨弘念还是一贯地骄傲。

"你会在纽约留多久?"我问他。

"几天吧。你住在哪里?"

"格林尼治村。"

"那里很不错。"

"我住的房子已经很旧了。你什么时候有空一起吃顿饭?"

"今天晚上好吗?"

"今天晚上?没问题。"

"到你家里,看看你的老房子好吗?"

"好的。"

晚上八点钟,杨弘念来了,手上拿着一束红玫瑰。

"给你的。"

"你从来没有送过花给我,谢谢。"我把玫瑰插在花瓶里。

"要喝点什么?"

"随便吧。"

"你可不是什么都肯喝的。"我从冰箱里拿出一瓶"天国蜜桃"给他。

"谢谢。"他笑说。

"这些日子你去了哪里,真没想到会在纽约见到你——"

"是卡拉告诉我你在这里的,我特地来看看你。"

我还以为他是路经此地。

"没什么的,只是想看看你。"他补充说。

"谢谢你，我在这里生活得很好。"

他拿起我放在案头的相架，相架里镶着我儿时在公园打秋千的那张照片。

"这是你小时候的照片吗？"

"嗯。"

"我从没见过——"

他完全没有察觉照片里有一个拾皮球的男孩。除了我和文治之外，谁又会注意到呢？

"冷吗？"我问他。我听见他打了一个喷嚏。

"不——"

"纽约很冷，叫人吃不消。"我说。

我脚上依然穿着文治送给我的那一双羊毛袜。

"这种羊毛袜，你是不是有很多双？"他问我。

"为什么这样问？"

"每逢冬天，我就看到你穿这双袜子。"

"不，我只有这一双——"

"那是不是有什么特别的意义？"

"没有，只是这一双袜子穿在脚上特别温暖。"

我把晚餐端出来:"可以吃了。"

"你在卡拉身上学到些什么?"

我认真地想了一想,说:

"她的设计,看来很简洁,但是每一个细节都做得很好,看着不怎么样,穿在身上却是一流的。"

"你还没有学到。"他生气地说。

我不太明白,我自问已经很用心向卡拉学习。

"你要学的,是她的一双手。"

"双手?"

"她可以不画图样、不裁纸版,就凭十根指头,把一幅布料铺在模特儿身上,直接裁出一件晚装。"

"是吗?"我愕然,我从没见过卡拉这样做。

"她出道的时候就是这样。"

"很厉害!"我不得不说。

"最重要的,是你的一双手。"他捉着我双手说,"要信双手的感觉。你要亲手摸过自己做的衣服,一吋一吋地去摸,你才知道那是不是一件好衣服。你学不到这一点,跟着卡拉多少年也没有用,她没教你吗?"

我摇头:"谁会像你那样,什么都教给我?"

我忽而明白,他那样无私地什么都教给我,是因为他真的爱我。

"谢谢你。"我由衷地对他说。

"你已经有一年多没有作品。"我关心他。

"我的灵感愈来愈枯竭——"他用手轻抚我的脸，深情地望着我。

"不要这样——"我垂下头。

他沮丧地站起来，拿起大衣离开。

"谢谢你的晚饭。"

"你要去哪里？"

"到处逛逛。"

"要不要我陪你去——"

"算是尊师重道吗？"他冷笑。

我没回答他。

"再见。"他说。

他走了，我静静地看着自己双手，我要相信自己双手的感觉。当他捉着我双手时，我没有爱的感觉，也许不是没有，而是太少，少得无法从掌心传到身体每一部分。他拥有一切应该被一个女人爱着的条件，可是，却遇上了我。是他的无奈，还是我的无奈？

他走了之后，没有再回来。

一天，我从工作室回到家里，发现门外放着一个精致的藤篮，篮子里有五个复活蛋，还放满了一双双羊毛袜，有红色的、绿色的、蓝色的、格子的。篮子里有一张卡片，卡片

上写着：

"篮子里的羊毛袜都很暖，别老是穿着那一双。复活节快乐。"

那是杨弘念的字迹，是用他那支 Pantel 1.8cm 笔写的。

他根本不明白我为什么经常穿着那双袜子。

我把篮子拿进屋里，他还在纽约，不是说好要走的吗？

以为他会出现，他偏偏没有，到了夏天，还见不到他。

他总是不辞而别。

九月中，收到良湄从香港寄来的信。

蜻蜓：

告诉你一个好消息，律师行让我成为合伙人，以后我可以拿到分红。

熊弥在大学里教书，他大概这一辈子都不会离开学校。

虽然已经不爱他，却不知道怎样开口，所以，我还是没有开口。

我跟一个律师来往，你一定会骂我的，他已经有女朋友，他也知道我有男朋友。也许这样最好，谁也不欠谁。

他在女朋友身上找不到的东西，在我身上找到。我在熊弱身上得不到的，也在他身上得到。因为没有要求，我们很快乐。原来所有的烦恼都是来自要求，有要求，就有埋怨，有埋怨，就有痛苦。

熊弱对这件事一无所知，因为内疚，我对他比以前好了一点。我开始发觉，我是不会离开他的。即使将来我又爱上另一个人，我仍是离不开他。他是我的枕头，是疲倦的时候的一点依靠，彼此相依太久了，早成习惯。爱情就是这一点可悲。

我开始佩服你，你竟然能够一个人生活，竟然能够首先退出。

以雅回来了，她说，跟哥哥分开了那么多年，现在好像重新恋爱。

原来我是你们之中最不忠贞的。

你记得你做了一件雨衣给我吗？跟你那件一模一样的。

那天，我穿上雨衣，在中环走着的时候，一个男人从后面跑上来叫我，我回头，你知道那个男人是谁吗？是徐文治，他以为我是你。

良湄

收到良湄的信之后两天，杨弘念突然出现。

那天晚上，他拿着一束红玫瑰来找我。

"你去了哪里？"我问他。

"一直在纽约。"

"你在纽约干什么？"

"我就住在巴士站旁边的房子里。"

"什么？"我吓了一跳。我每天早上在巴士站等车，从不知道他就住在旁边。

"你为什么会住在这里？"

"我喜欢可以每天看见你在巴士站等车。"他深情地说。

"你为什么要这样做？"我哀哀地问他。

"我也不知道，你的花瓶放在哪里？我替你把花插好。"

我把一个玻璃花瓶拿给他。

他在花瓶里放满了水，抓起一撮文治送给我的玻璃珠。

"你干什么？"我问他。

他把玻璃珠放在花瓶里，说："这样比较好看，你干吗这么紧张？"

"没什么。"

"有没有喝的？我很口渴。"

我在冰箱里拿了一瓶"天国蜜桃"给他。

"你一直为我预备这个吗?"他乍惊还喜地问我。

"不,只是我也爱上了这种口味——"我淡淡地说。

他显然有点儿失望。

他把那一瓶玫瑰插得很好看,放在饭桌上。

"我从来不知道你会插花。"我说。

"还有很多关于我的事情你也不知道——"

"是的,譬如我不知道你为什么忽然爱上红玫瑰,以你的个性,你不会喜欢玫瑰,玫瑰毕竟是一种太普通的花,而且是红玫瑰。"

"你知道玫瑰为什么是红色的吗?"

"难道是用血染红的吗?"我打趣地说。

"是用夜莺的血染红的。"

"夜莺的血?"

"波斯有一则传说,每当玫瑰花开时,夜莺就开始歌唱,对它倾诉爱意,直至力竭声嘶,痴醉于玫瑰的芳香,随即倒落于玫瑰树枝下。

当夜莺知道玫瑰被阿拉真神封为花之女王时,它非常高兴,因而向吐露芬芳的玫瑰飞了过去,就在它靠近玫瑰时,玫瑰的刺刚好刺中它的胸口,鲜红的血将花瓣染成红色。

如今波斯人仍然相信,每当夜莺彻夜啼叫,就是红玫瑰花开的时候。"他痴痴地望着我。

"夜莺太笨了。"我说。

"所有爱情都是这样吧,明知会流得一身血,还是挺起胸膛拍翼飞过去。"

我当然明白他的意思，我只是无法明白，他为什么甘心情愿化作那可怜的夜莺。

他轻轻地抚摸我的脸，手停留在我的眼睛上。

"别这样，有刺的。"

"我也不介意流血。我喜欢这样抚摸你的眼睛，我真想知道你的瞳孔里有没有我。"

我忍不住掉下眼泪。

"别哭。"他抱着我。

为什么会是他？

为什么总是他？

难道他才是我厮守终生的人？在时间的洪流里，在我们无法控制的光阴里，浮向我生命的，就是他。

在寂寞的纽约，在寂寞的屋子里，我再找不到理由拒绝这多情的夜莺。

杨弘念仍旧住在巴士站旁边的房子里，我们再一次相依。他在洛杉矶有一爿以自己名字为名的时装店，每星期他要飞去洛杉矶一次。每个星期，我们要分开两到三天。这样最好，他不在的时候，我会思念他。

他没有再送我红玫瑰，也许他已忘了自己曾化身夜莺。

男人就是这样，得到了，又忘记了如何得到。

九〇年十二月平安夜那天，我独个儿在屋里，有人按门铃。

我以为是杨弘念过来找我，站在门外的却是文治。他拿着旅行袋，站在我面前，我差点儿不敢相信自己的眼睛。一年没见了，竟然好像昨天才分手。

"是良湄把你的地址告诉我的。"他微笑说。

"你刚下飞机吗？"

他点头："圣诞快乐。"

"圣诞快乐。"我让他进来。

"你为什么会来纽约？"

他傻乎乎地欲言又止。

"你就住在这里？"他环顾我的房子。

"是的，外面很冷。要不要喝杯咖啡什么的？"

"谢谢。你习惯纽约的生活吗？"

"我很容易适应一个新地方。"

"我跟曹雪莉分手了。"他突然告诉我。

我呆了一下，为什么他现在才跟她分手。为什么不早一点？

"是谁提出的？"不知道为什么，我很关心这一点。

"是她提出的。"

我很失望，曹雪莉不要他了，他才来找我。

"她爱上了别人吗？"我问他。

"不。她爸爸在地震中死去，她自己也受了伤，也许这种打击令她成熟了不少吧。我到过旧金山探望她，我们每个星期都有通电话，大家愈来愈像朋友，也愈来愈发现我们不可能走在一起。

那天，在电话里，她告诉我，那次地震的时候，她知道我为什么去找她，她看得出我想跟她分手，但是当时她很伤心，她很自私地不想我离开她——"

"看来她还是爱你的——"

"你会和我回香港吗？"他突然问我。

"你来就是说这句话？"

他茫然地望着我。

"为什么你不早点来？我等了你这么久，你现在才出现，你不觉得太迟吗？"

"是不是情况不一样了？"他难堪地问我。

"你以为我永远在等你吗？你以为你是谁？我要用我所有的青春来等你？我在这里一年了，你为什么现在才来找我？为什么要等到她不要你，才轮到我？我最需要你的时候，你在哪里？"我歇斯底里地质问他。

"对不起，我认为先把我和她之间的事解决了，对你比较公平，否则我说什么也是没用的。"

我气得骂他："你不是男人！所有男人都可以一脚踏两船！"

我不知道我为什么这样骂他，他是一个好男人，他不想欺骗任何人，我却恨他不骗我。他早就不该告诉我他有女朋友，他该把我骗上床，然后才告诉我。

他望着我，不知说什么好。也许，他千里而来，是希望看到我笑，希望我倒在他的怀里，跟他回去，没想到换来的，却是我的埋怨。

"你说得对，我不是个男人，我也没权要求你无止境地等我。"他难过地说。

我咬着唇："是的，你没权这样浪费一个女人的青春。"

"我只是希望你和我一起回去。"他以近乎哀求的语调跟我说。

"如果时钟倒转来行走，我就跟你回去。"我狠心地说。

他站在那里，红了眼睛，说：

"对不起，我没法令时钟倒转来行走，是我没用。"

"我也不可以。"我凄然说。

"希望你幸福——"他伤心地说。

"谢谢你。"

"再见——"

"珍重。"

我站在窗前，看着他拿着行李，孤单地走在街上。四处张灯结彩，他是特意来和我共度圣诞的吧？他准备了最好的圣诞礼物给我，可是这份礼物来得太迟了。

为什么光阴不可以倒流?只要他早三个月出现,我就可以跟他回去。

我不能这样对杨弘念,我不能那样无情地对待一个爱我的人。我害怕将来我所爱的人,也会这样对我。

他走了,也许不会再回来。

杨弘念扛了一株圣诞树过来。

"这是你在纽约过的第一个圣诞节吧?"他问我。

"不,是第二个。"我说,"不过却是第一个家里有圣诞树的圣诞节。"

我用一条银色的布把整株圣诞树罩着。

"你干什么?"他问我。

"这样看来比较漂亮。"我任性地说。

"你没什么吧?"杨弘念温柔地抱着我。

"没什么。"

"你有没有想念香港?"他问我。

"为什么这样问?"

"我忽然有点想念那个地方。要不要回去?"

"不。"我坚决地说。

远处传来圣诞的音乐。

他用手揉我的眼睛，揉到了我的泪水。

"你在哭吗？"

"音乐很动人。"我撒了一个谎。

文治不一定能够立刻买到机票回去香港，说不定他还在机场，孤单地等下一班机。

两天后，我打了一通电话给良湄。

"不告诉你，只是想你惊喜一下，文治也是，我们希望你有一个难忘的圣诞节。"她说。

我太久没写信给她了，没告诉她，杨弘念又回到我身边。

"那怎么办？"良湄问我。

"他找过你吗？"

"他还没回来呀，在电视上看不到他。"

"不可能的，他两天前已经走了。"

"那么，他也许躲在家里吧。"

一天之后，杨弘念要去洛杉矶，我送他到肯尼迪机场。

在巴士上，他问我："为什么突然要送机？你从来不送我去机场的。"

"不是做每一件事都有原因的。"我淡淡地说。

在机场送别了杨弘念,我到处去找文治,他不可能还留在纽约的。即使他在机场,也不一定就在肯尼迪机场。

虽然那样渺茫,我却努力地寻找他。

告示牌上打出往香港的班机最后召集。

我立刻飞奔到登机闸口,一个人在后面轻轻拍我的肩膀,我兴奋地回头,站在我跟前的,却是杨弘念。我给他吓了一跳。

"你在这里找谁?"他阴沉地问我。

"你不是已经上机了么?"我立刻以另一条问题堵截他的问题。我是一个多么差劲的人。

"飞机的引擎出了问题,我改搭下一班机。"

"哦,是吗?"我失神地说。

"你在找人吗?"

我再无法避开他的问题。他刚才一定看到了我回头那一刻,表情是多么的高兴,我以为

轻拍我肩膀的，是文治。

"不是的，我只是想在这里随便逛逛。"我说。

"机场有什么好逛呢？"他微笑说。

我这才松了一口气。

"要我陪你等下一班机吗？"我问他。

"不，下一班机一小时后就出发，我要进去了。"他轻轻地吻了我一下。

往香港的那班机大概已经起飞了，我只好独自回家。

两天后，良湄打电话给我说：

"徐文治回来了，我在新闻报告里看到他，样子很憔悴呢。"

"他什么时候回来的？"

"昨天。我打过电话给他，他说这几天都在肯尼迪机场里，大概是惩罚自己吧。"

他的确是坐那班机离开的。为什么生命总是阴差阳错，失诸交臂？

我整天望着手上的浮尘子钟，指针怎么可能倒转行走呢？

晚上，杨弘念从洛杉矶打电话回来给我。他从来不会在洛杉矶打电话给我，尤其工作的时候。按时打电话给女朋友，从来不是他的习惯。

"什么事?"我问他。

"我想知道你是不是在家里。"

"我当然在家里。"

"那没事了。"

"你打电话来就是问这个问题?"我奇怪。

"我想听听你的声音。"他说。

自从文治来过之后,他就变得很古怪。

几天之后,他从洛杉矶回来,一踏进门口,就抱着我不肯放手,问我:

"你有没有挂念我?"

我该怎么回答他?我的确没有挂念他。

我吻了他一下,用一个差劲的吻来堵塞他的问题。

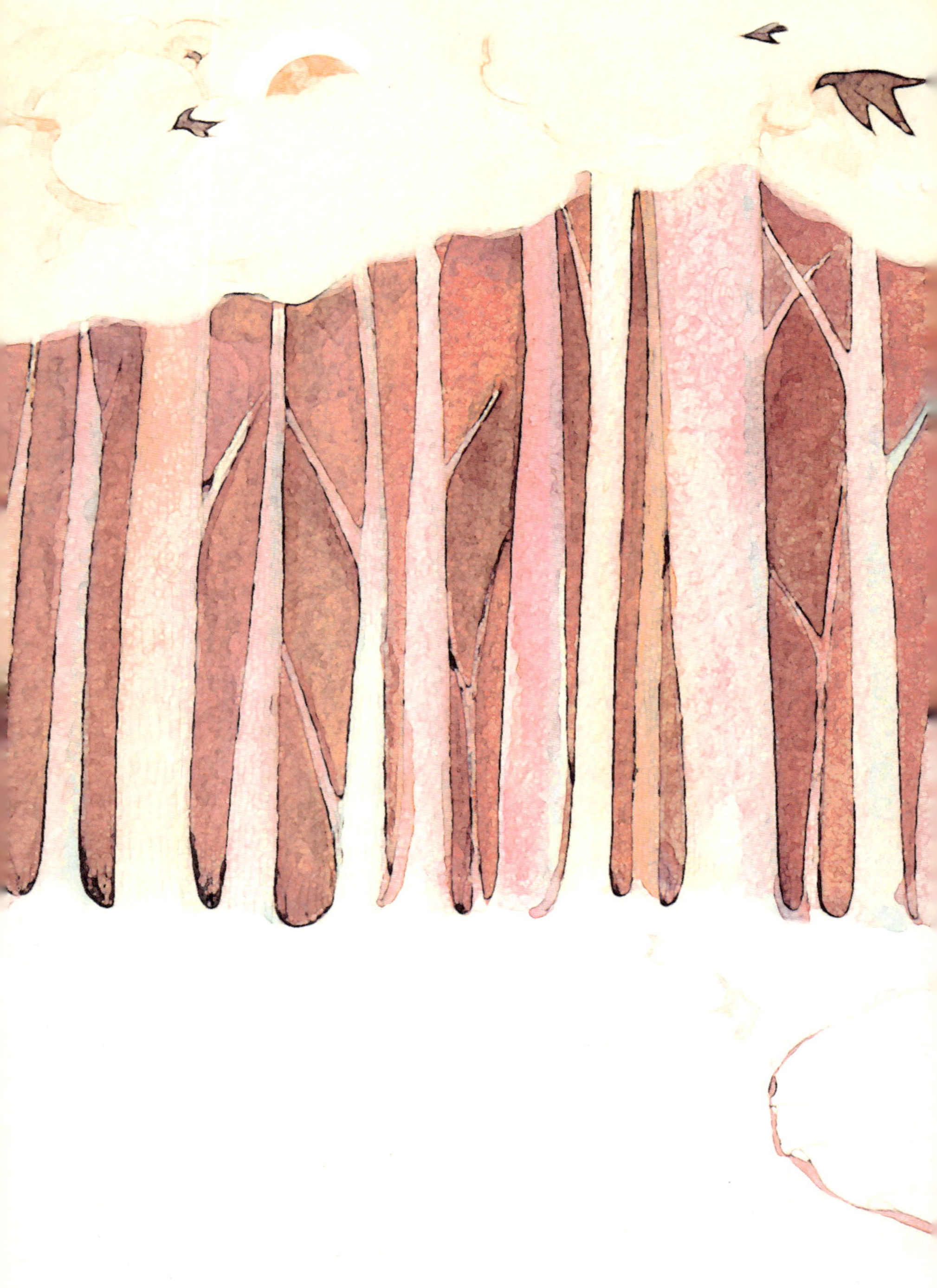

第四章

放弃文治,本来是为了杨弘念,可是我却抗拒他,好像在埋怨他使我无法选择我真正喜欢的人。我为自己所做的事惭愧,余下的日子,我努力对他好一点。

九一年三月,他生日那天,我耗尽所有的钱,买了一辆日本房车给他。早上,我请人把车停在他门外,然后我装作没带门匙,扳下门铃引他出来。

"生日快乐,那是你的。"我指指那辆车。

"你为什么送这么贵重的礼物给我?"

他没有像我预期那样高兴。

"想你开心一下,喜欢吗?"我把车匙放在他手上。

"喜欢。"他淡淡地说。

"你不过去试试看?我们现在去兜风。"

"这个时候很塞车的,改天吧。"

"你是不是不喜欢这份礼物?"

"不,我很喜欢。"他摸着我的脸说,"我明天要去洛杉矶。"

"不是下星期才去吗?"

"我想早一点去。"

"我明天送你去机场好吗?"我用双手去揉他的头发、脸、眼睛、鼻子、嘴唇、耳朵和脖子。他教我,要相信自己双手的感觉。可是,我对他的感觉愈来愈微弱。

第二天中午,我送他到机场,他比平时多带了一箱行李。

"你这次为什么带那么多行李?"在机场巴士上,我问他。

他闭上眼睛,没有回答我。

我早已习惯他这样闹情绪。

到了机场,他忽然跟我说。

"那房子我已经退租了。这次去洛杉矶,我会逗留一段日子。"

"什么意思?"我愕然。

"那个报告新闻的,来找过你吧?"

我吓了一跳,他怎么知道的?

"平安夜那天我看着他走进你的房子,又从里面出来。我认得他,我不是说过我是他的影迷吗?"

"是的,他来过,那又怎样?他已经走了。"

"你时常穿着的那双羊毛袜,就是他送的,对不对?"

我没回答他。

"我猜中了。"他得意地说。

"你想说些什么?"

"自从他来过之后,你就不一样了。"

"我不会回香港的。"

"你的心却不在这里。买那么贵重的礼物给我,是因为内疚吧?"

我无言以对。

"你以为我需要你施舍吗?"他冷笑,"我才不稀罕你的内疚。"

他把车匙塞在我手上,说:"我曾经给你机会。那辆车,我一点也不喜欢,你自己留着吧。"

"我不会开车。"我倔强地说。

"我也不会开车。"

我愕住了。

"我什么时候告诉过你,我会开车?

这么多年了,你连我会不会开车也不知道,你只是要选一份你所能负担的、最昂贵的礼物来蒙骗你自己你很爱我。你骗不倒我的,你忘了我是你师父吗?"

我惭愧得无地自容。

他用手揉我的眼睛,说:"你知道吗?你有一双很漂亮的眼睛,它最漂亮之处是不会说谎。世上最无法掩饰的,是你不爱一个人的时候的那种眼神。"

我难过地垂下眼睑。

"再见。"他撇下我,头也不回。

是的,我忘了,他是我师父,他总能够看穿我。

离开机场,我又变成孤零零的一个人。

那辆车,我卖给了卡拉的朋友。一个星期之后,即是九一年的四月,我从纽约回到香港。

良湄说好来接我机。从机场走出来,两旁挤满了来接机的人,我看不到良湄。

人群中,我看到一张熟悉的脸,是文治。

他上前,腼腆地说:"你好吗?"

"我们又见面了。"我唏嘘地说。

他替我拿行李,说:"良湄说她不能来。"

"我说好了暂时住在她家里。"

"我带你去——"

我们坐出租车,到了湾仔一幢公寓外面。

"她搬家了吗?"我奇怪。

文治笑着不说话,带我到十二楼,他掏出钥匙开门。

刚进门口,我就看到两个约莫三呎多高的玻璃花瓶里装满了七彩的玻璃珠。

"你走了以后,我每天都买一些玻璃珠回来,到外地工作时,又买一些,就买了这许多。"他说,"希望有一天你能看到。"

我捡起一颗玻璃珠,放在灯光下,晶莹的玻璃珠里有一株锯齿状的小草。

"这是什么草?"我问文治。

"这是我从英国买回来的,里面藏着的是蓍草。"

"蓍草?"

"九月的欧洲,遍地野花,暮色苍茫中,人们爱在回家的路上俯身采摘几朵蓍草开出的白色小花,带回去藏在枕头底下。英国一首民谣说:

> 再见,漂亮的蓍草,
>
> 向你道三次再见,
>
> 但愿明天天亮前,

会跟我的恋人相见。

"有一个传说,对蓍草说三次再见,就能够重遇自己喜欢的人。"他微笑说,"我试过了,是真的灵验。"

"你来看看。"他带我到其中一个房间,我放在良湄家里的缝纫机和其他的东西,都在那里。

"这间房子是谁的?"我禁不住问他。

"是去年买的,希望你有一天能回来。"

"你怎么知道我会回来?"我哽咽着问他。

"我并不知道你会回来,我以为你永远不会回来,你说指针倒转来行走,你才会回来。"

我拿出口袋里的浮尘子钟,用手调校,使指针倒转来行走。

"我是不是自欺欺人?"我问他。

"不。"他紧紧地抱着我,再一次,我贴着他的肩膀,重温那久违了的温暖。

他的肩膀,好像开出了一朵小白花,只要向它道三次再见,我就能够跟恋人相见。

"你愿意住在这里吗?"他问我,"不要再四处漂泊。"

"你不是说希望我设计的衣服在十二个国家也能买得到吗?"

"在香港也可以做得到的。"

我用手去揉他的脸、头发、鼻子、嘴唇、耳朵和脖子。

"你干什么?"他笑着问我。

杨弘念说,要相信自己双手的感觉。我能够感觉到我爱的是这个人,我双手舍不得离开他那张脸。

他捉着我的手,问我:"你没事吧?"

"我喜欢这样抚摸你。"我说,"你的眼肚比以前厉害了。"

他苦笑。

"嫁给我好吗?"他抱着我说。

我摇头。

"为什么?"他失望地问我。

"这一切都不太真实,我需要一点时间来相信。"

也许,每个女人都希望生命中有一个杨弘念、一个徐文治。

一个是无法触摸的男人,一个脚踏实地。一个被你伤害,为你受苦,另一个让你伤心。一个只适宜做情人,另一个却可以长相厮守。一个是火,燃烧生命,一个是水,滋养生命。女人可以没有火,却不能没有水。

回来的第二天,我跟良湄见面。她改变了很多。一个人,首先改变的,往往是眼睛。她那双眼,从前很明澈,无忧无虑,今天,却多了一份悲伤。

"因为我有一个拒绝长大的男朋友。"她说。

"你跟那个律师怎么样?"

"分手了。"她黯然说。

"为什么?"

"他根本不爱我。"

"你爱他吗?"

她苦笑摇头:"情欲有尽时,大家不再需要对方,就很自然地完了。只有爱,没有尽头。"

"你还是爱熊弼的。"

她摇头:"我一定可以找到一个比他更好的。"

我失笑。

"你笑什么?"她问我。

"也许每个女人身边都无可奈何地放着一个熊弼。你不是对他没有感情,你不是没想过嫁给他,偏偏他又好像不是最好的,你不甘心,寻寻觅觅,要找一个比他好的,仿佛这样才像活过一场。时日渐远,回头再看,竟然还是只有他——"

"我不是说过他是我用惯了的枕头吗?用他来垫着我,总是好的。"

"我真的不敢相信他什么也不知道。他连一点蛛丝马迹也看不出来吗?"

"他的实验室就是他的世界。别提他了,你有什么打算?"

"我想开一家时装店,卖自己的设计,不过,我手上的钱不是太多,也许只能在商场找一个两、三百呎的铺位。"

"我有一个客户在尖沙咀拥有几个商场,我替你找铺位吧,而且我可以请他把租金算得便宜一点。"

"真的?谢谢你。"

"你也不用担心生意,律师会里有很多女律师都是我的朋友,妇女会里也有不少有钱太太,她们经常去舞会,很需要找人设计晚装。"

"你的关系网真厉害!"

"没办法啦,好歹也要应酬那些女人,她们的丈夫都是我的客户和上司。这些人花得起钱,但是都很挑剔,我看你选的铺位,地点也不能太差。"

"嗯。"

"我还有一些公关界和新闻界的朋友,我可以找他们帮忙宣传一下,在香港,宣传很重要的。"

"你好像我的经理人。"我笑说。

"好呀!你跟随的都是名师,我一点也不担心你没生意。"

"看来我应该找你当合伙人。"

"我只要一辈子免费穿你的设计。"她笑说。

良湄在尖沙咀一个邻近酒店的商场替我找到一个铺位。我请了一个女孩子当售货员。除了替人设计晚装,店里就卖我的设计。

文治有空的时候,就替我拿布料、送货,替我管账。为了方便搬运布匹,他把电单车卖掉,换了一辆小房车。

从纽约回来之后的那四年,是我们过得最快乐的日子。我是个没条理的人,家里的东西乱放,他却是个井井有条的人,虽然时常会因此吵架,却使我更深信,他是和我厮守的人,只有他,可以照顾我。

时装店的生意很好,九五年年初,我们迁到商场里一个比原本那个铺位大五倍的铺位,也请了几个新的职员,还有专业的会计师,文治不用再花时间帮我。

因为替一些名流太太设计晚装,她们时常向传媒提及我,我有了一点点知名度,但是我也从此放弃了替人设计晚装,我实在不喜欢那种生涯,我希望我的设计能穿在更多人的身上。店里开始售卖成衣。

文治的处境有些不同。方维志离开电视台自组公关公司,他邀请文治合伙,但文治还是喜欢当新闻编辑,他拒绝了。

九月中,一份财力庞大的新报纸开始筹备,邀请他过去当总编辑,薪水是他目前的两倍。电视台挽留他,只是加薪百分之五十,文治还是留下来了。

"你为什么不走?这是好机会,是你两倍的月薪。"我说。

"单单为钱而做一个决定,我会看不起自己。"他说。

"即使不为钱,也应该出去闯闯,你在电视台已经那么多年了。"我劝他。

"就是因为那么多年,所以有感情。"他坚持。

我不再劝他,我知道他不会改变,他是个重情义的人,有时候,我会埋怨他太重情义,可是,这种男人,却是最可靠的。

结果,他的一个旧同学当上了那份报纸的总编辑,那份报纸推出之后,空前成功。

当日挽留文治在电视台的那位主管却因为权力斗争,黯然引退,新来的主管,跟文治不太合得来,而且他也有自己的亲信。

在他不如意的日子,我却要到日本办我的第一个时装表演。这次是香港贸易发展局主办的,我成为香时装设计师代表中的一位,而且可以在日本推广我的设计,是一个非常难得的机会,我不能不去。

那天早上,文治开车送我到机场,他一直没怎么说话。

"到了日本,我打电话回来给你。"

"你专心工作吧,不要分心,这次演出很重要的,是你第一次在香港以外举办时装表演。"

我轻抚他的脸。

"什么事？"他问我。

"如果工作得不开心，不如辞职吧。"

"我有很多理由可以离开，也有很多理由留下。我一走，我那组的记者，日子更难过，有我在的话，我会力争到底。"

"我打电话给你。"上机前，我匆匆跟他吻别。

在东京，我的设计获得很好的评价，还接到一批订单，回到酒店，我立刻打电话给文治，把这个好消息告诉他。

"恭喜你。"他说。

他说话很慢，好像喝了酒。

"你没事吧？"我问他。

"没事。"

"我很担心你——"

他失笑："傻瓜，一直以来，也是我担心你——"

"那你为什么要喝酒？"

"因为你不在我身边——"

"我很快就回来。"我像哄小孩一样哄他。

"蜻蜓，嫁给我好吗？我害怕你会离开我。"他情深地说。

"我为什么会离开你？"

他沉默无话。

"我不会的，除非你要我走——"

这个我深深地爱着的男人,从来不曾像这一晚,脆弱得像一个孩子,我真的开始担心他。

从日本回来,他没有再向我求婚。如果我当时嫁给了他,过着我曾经幻想过的、幸福的日子,也许,我们从此就不会分开。

那天,方维志的公关公司乔迁之喜,我和文治一同出席酒会。

方维志的生意做得有声有色,我正需要一家公关公司替我推广和担任我的顾问,顺理成章,我也成了他们的客户。

"你看!"方维志拿了一本我做封面的本地女性杂志给我看,"今天刚出版,照片拍得很不错。"

"对呀,"高以雅说,"他们说你是本地最漂亮的时装设计师。"

"你女朋友现在是名人了!"方维志取笑文治,"以后要看牢她,别让其他人把她抢走。"

文治看看我,笑了笑。

如果我真的成功,他的功劳怎能埋没?没有了爱情,没有了他的鼓励,我什么也不能做。

这一天,我也见到了熊弼。他不太习惯这种场面,良湄四处招呼朋友,他却站在一角自顾自地吃东西。

"怎么啦?科学家。"我调侃他。

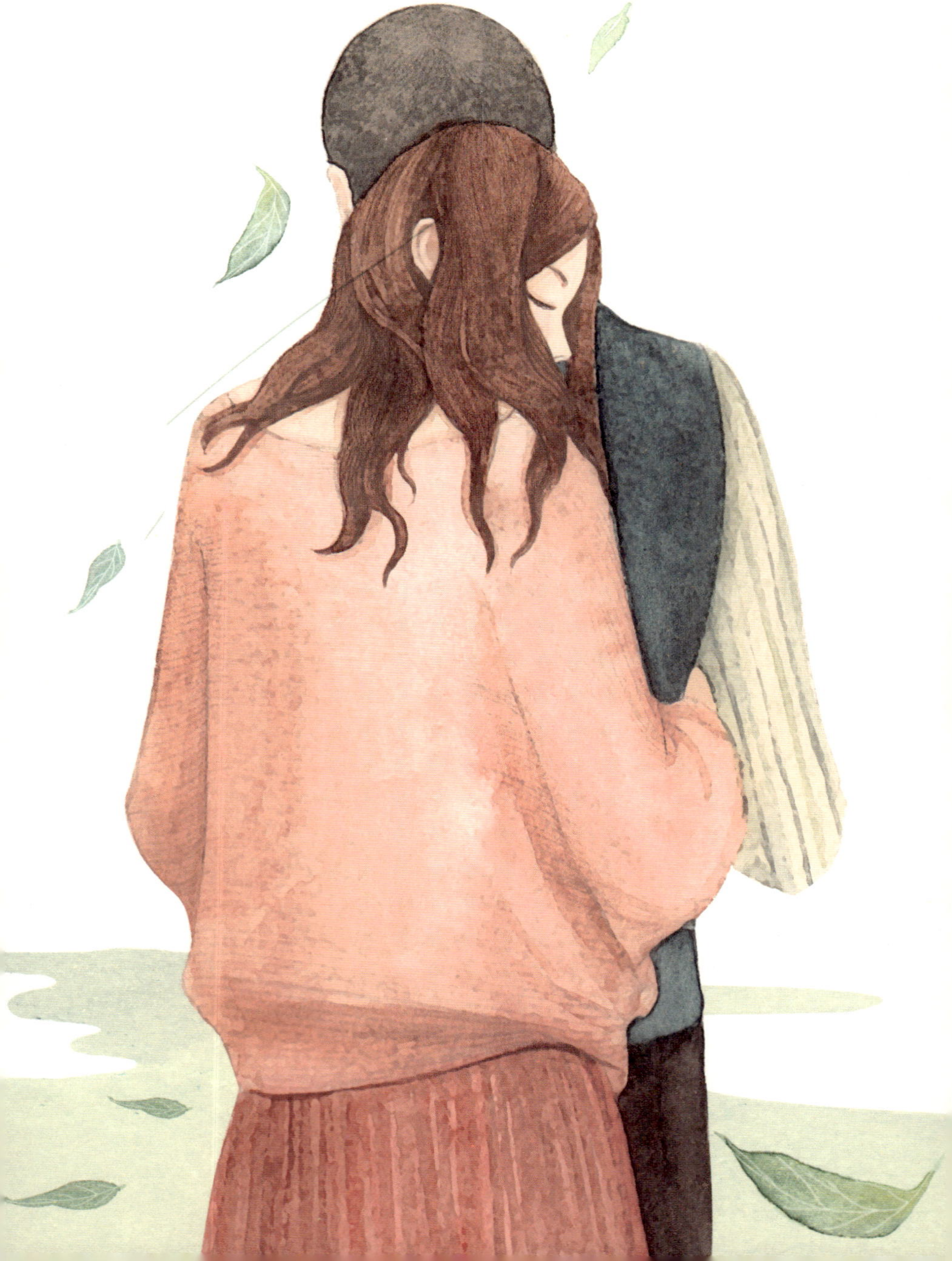

"恭喜你，良湄说你的发展很好。"他谦虚地说。

"全靠她帮了我一大把，她的发展也很好呀。"

"她是个很聪明的女孩子——"

不知道为什么，我觉得他说这话时，表情是悲伤的。

"你和良湄一起都有十年吧？"

"她常说我这十年没有长大过。"

"那不是很好吗？至少没有老。我们天天在外头挣扎，老得很快的，真的不想长大。"

"长大是很痛苦的。"他幽幽地说。

"你们在说些什么？"良湄走过来问我们。

熊弼把手轻轻放在她的肩膀上，她的身子靠着他。是的，他是她的枕头，不是羽毛做的，不是棉花做的，而是茶叶做的枕头。这种枕头永远不会衰老，不需更换，用久了，失去了茶叶的香味，只要放在阳光下，晒它一晒，又重新嗅到茶叶香。良湄在这之前刚告诉我，一个任职广告界的男人正热烈地追求她。

"你不是说要回去开会吗？"良湄问他。

他看看手表："是的，我走了。"

"再见。"他微笑着，轻轻跟我挥手，像个小孩子那样。

"你的茶叶枕头走了。"我取笑良湄。

文治不是我的茶叶枕头,他是我睡一辈子的床。

这一刻,文治一个人站在一角,像一个局外人似的。

"如果文治当天和我哥哥一起离开电视台,说不定比现在好呢。"良湄说。

"他现在也很好,他喜欢这份工作。"我立刻维护他。

"现在报告新闻那个男人长得很帅呀!"高以雅跟文治说。

"是的,听说艺员部也找他去试镜。"文治说。

"我还是喜欢看文治报告新闻,帅有什么用?"方维志搭着文治的肩膀说,"最重要是老实。"

我微笑望着文治,他在微笑中,显得很失落。

一起回家的路上,我问他:

"你是不是后悔自己做过的一些决定?"

"你说的是哪些决定?对于你,我没有后悔。"

"我是说工作上的。"

"没有。"

他说过,男人总是放不下尊严,碍于尊严,他在最亲密的人面前,也不会承认自己做错了某些决定,但是,他忘了,我总能够看出他的失落。他在电视台工作得不如意,新人涌现,他失去独当一面的优势，他愈不离开一个地方，愈再难离开一个地方。如同你愈不离开一个人，也愈难离开他。

"你永远是最出色的——"我握着他的手说。

"谢谢你。"

回到家里，我忙着收拾，三百多呎的房子已经愈来愈不够用了。

"我们换一间大一点的房子好吗？"

"为什么？"

"我们的东西愈来愈多了。"

"我手上的钱不是太足够。"

"我有嘛！"

"不可以用你的钱。"

"为什么不可以？"

"总之不可以。"

"是谁的钱有什么关系？"我跟他争辩。

"不要再说了。"他坚持。

几天之后，良湄打电话给我，说：

"我刚刚去看房子，在湾仔半山，环境很不错，我已决定要一间,我楼上还有一个公寓,你有没有兴趣?"

"你为什么要买房子了?"

"自己住嘛,又可以用来投资,面积不是太大,大概九百呎吧。你也该买些物业保值,钱放在银行里会贬值的,你不是说现在不够地方用吗?"

"我跟文治商量过了,他不赞成。"

"那房子真的很漂亮,是我一个客户的,装修得很雅致,你一定喜欢的,如果你也买一间,我们就是邻居,你去说服徐文治吧。"

"他不会答应的。"

"那你就别告诉他,怎么样?现在的房子每天也在涨价呢,你要快点决定。"

"现在可以去看看吗?"

"当然可以。"

我瞒着文治去看房子,谁知一看就喜欢得不得了。

"你先买了再告诉他吧。"良湄说。

两个月后就可以搬过去,我一直盘算着怎样告诉文治。我愈拖延,就愈不知道该怎样说。终于,在我要出发到巴黎开一个小型的个人时装展前夕,我跟他说了。

那天晚上,他特地跟同事调了班陪我在外面吃晚饭。我们去吃印度菜。

女服务生又送来了一盘幸福饼。

我拿了一块，里面的签语是：

人能够飞向未来，却不能回到过去。

"人能够飞向未来吗？"我问文治。

"只要发明比光速快的交通工具，人类理论上是可以飞向未来的。"

"根本不可能有比光速快的交通工具。"

"但是，人一定不能够回到过去，时钟不会倒转来行走，除了你那一个。"他笑说。

"你来抽一块。"我说。

他拿了一块，里面的签语是：

年少时，满怀梦想与憧憬，为何你忘了？

"这句是什么意思？"我问。

"也许要将来才知道。"他苦笑。

"我有一件事情要告诉你，但你不要生气。"

"什么事？"

"你要先答应不能生气。"

"好吧。"

"我买了房子。"我战战兢兢地说。

他的脸色马上沉下来。

"是良湄叫我买的,她买了同一幢大厦另一间公寓,房子在湾仔半山,九百多呎,有三个房间,很漂亮。"

"你什么时候买的?"

"一个多月前——"

"你现在才告诉我?"他生气地说。

"你答应不会生气的。"

"你是不是要自己搬出去?"

"当然是和你一起搬——"

"我不会搬过去的。"他斩钉截铁地说。

"为什么?为什么你一定要分你和我?"

"我知道你现在赚钱比我多,但我不会花你的钱。"

"你为什么这样固执?"我开始生气。

"你为什么没有想过我的感受?"他从公文包里拿出一份文件放在我面前,"我今天刚从人事部拿了一份职员买房子的低息贷款计划书,看看可不可以向公司借钱换一间大一点的公寓,你已经自己买了。"

我看着那份文件,心里很内疚。

"你拿了电视台的低息贷款,几年内也不能离职,会给人家看扁你的,你宁愿这样也不肯用我的钱吗?"我企图说服他。

"我们之间的距离愈来愈远了,你已经不再需要我。"他站起来,哀哀地说。

"谁说的?"我哽咽。

"是现实告诉我的。"

他撇下我在餐厅里,我追出去。

"你不守诺言,你答应过不会生气的。"

"我们分手吧。"他冷漠地说。

"你说什么?"我不敢相信自己的耳朵。

"你会有很辉煌的成就,我只会阻碍你发展——"

"不会的。你不是也替我高兴的吗?"

"是的,看到你发展得那么好,我很替你高兴。你是我爱的人,你有成就,我也觉得光荣,甚至有时候,我也觉得我有一点贡献。"

"你是我所有创作的动力,你为什么不了解我?我一直以你为荣。"

"我们再一起的话,我只会成为你的绊脚石。我走了,你以后不必理会我的喜恶,可以做自己喜欢的事。"

"你真的这样想吗?"

他凄然点头。

"我明天就要去巴黎了,你就不能好好地跟我谈一谈吗?"

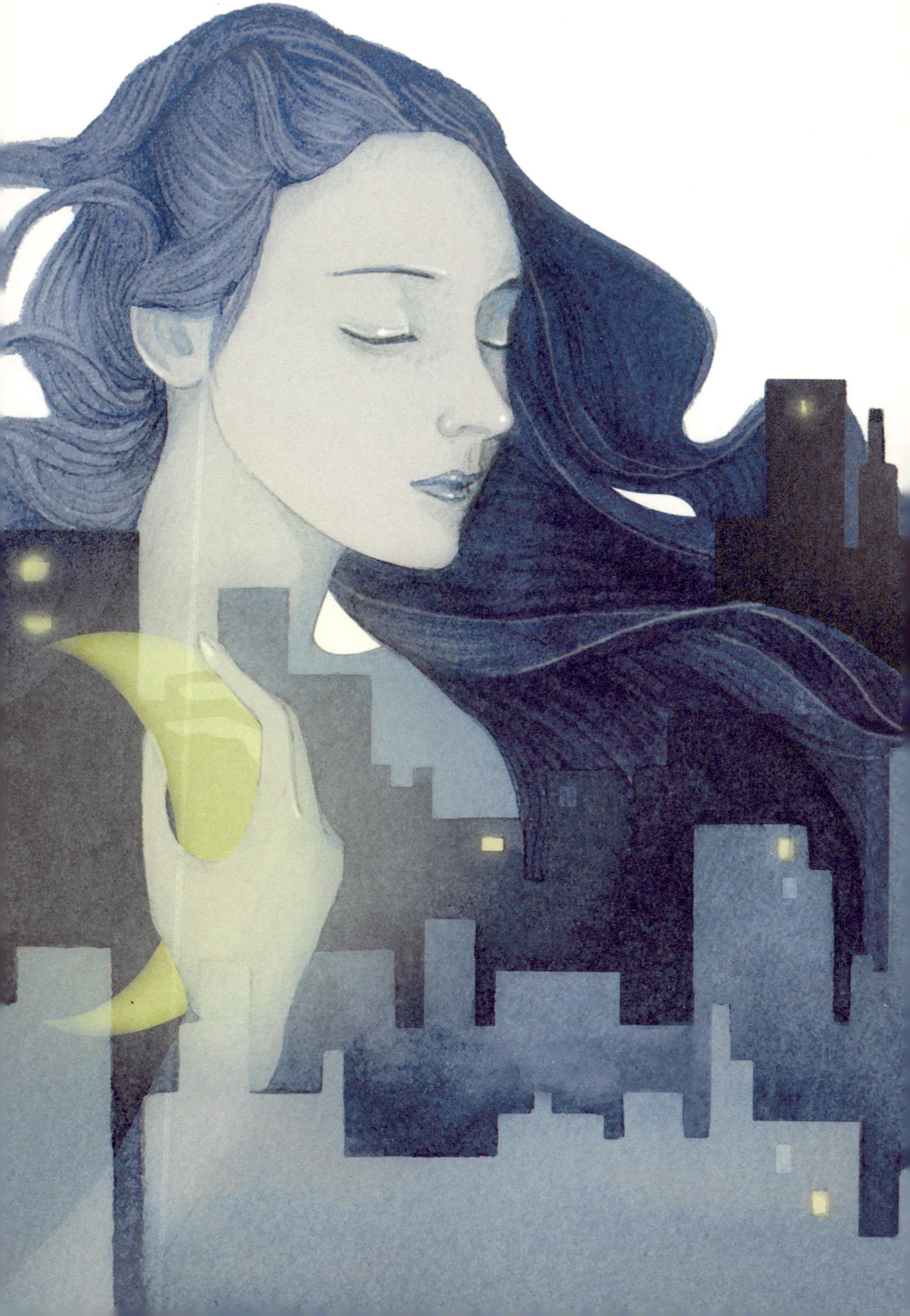

"对不起,我做不到。"

他撇下我在街上。

我一个人回到那无人的房子。

我当天为谁回来?

我为了谁而要成名?

但是我竟然失去了他。

我努力,好使自己活得灿烂,配得起他,我要胜过他以前的女人。他却不能理解我为他所做的。

天亮了,他还没有回来。

我下午就要离开,他竟然那么残忍不回来见我。

我拿着行李到机场,希望他在最后一刻跑来,可是,我见不到他。

我从巴黎打电话回来,家里没人接电话。曾经,我不也是一个人在巴黎吗?那个时候,我在这里惦念着他,他打长途电话来安慰受到挫败的我,温柔的关怀,耳边的叮咛,仍然在心中,那些日子为什么不再回来?

巴黎的时装展结束后,当地一本权威的时装杂志总编辑歌迪亚建议我在巴黎开店。

"我可以吗?"我受宠若惊。

"已经有几位日本设计师在巴黎开店,你的设计不比他们逊色。当然,如果真的打算在巴黎发展,就要花多些时间在这里。"

"我考虑一下。"

"香港的事业放不下吗?这可是个好机会,别忘了这里是欧洲,很多人也想在巴黎开店。"

"放不下的,不是事业,是人。"我说。

"是的,放不下的,通常都是人,我们放下尊严、放下个性、放下固执,都只因为放不下一个人。"

"有一个人放不下,活着才有意思。"我说。

说这句话的时候,我却没有把握能够再和文治一起。

从巴黎回来,踏出机场,我看到他羞涩地站在一角等我。我冲上去,紧紧地抱着他。

"对不起。"他在我耳边说。

"我以为你以后再也不理我。"

"我做不到。"

"和我一起搬过去好吗?如果你不去,我也不去。"

他终于点头。

搬到新房子以后,良湄就住在我们楼下,熊弱仍然住在大学的教职员宿舍。偶尔才在良湄家里过夜。良湄也不是时常在家里的,她有时候在傅传孝家里过夜。傅传孝是广告公司的创作总监,我见过他几次,良湄好像真的爱上了他。傅传孝也是有女朋友的。

我无法理解这种男女关系,既然大家相爱,那何不回去了结原本那段情?为什么偏偏要带着罪疚去欺骗和背叛那个爱你的人?

"因为我爱着的，是两个完全不同的男人，你不是也说过，每个女人生命里，都应该有一个杨弘念，一个徐文治吗？"良湄说。

"但我不会同时爱着他们。"

"没有一种爱不是带着罪疚的。罪疚愈大，爱得愈深。徐文治对你的爱，难道不是带着罪疚吗？"

"有罪疚不一定有爱，许多男人都是带着罪疚离开女人的。"我说。

"那是因为他对另一个人的罪疚更深。"

"文治为什么要对我觉得罪疚？"

"他觉得他累你在外面漂泊了好几年，如果他能够勇敢一点，如果不是那次地震，你就不会一个女孩子孤零零去纽约，这是他跟哥哥说的。"

那天晚上，我特地下厨弄了一客意大利柠檬饭给文治，这个饭是我在意大利学到的。

"好吃吗？"

"很香。"他吃得津津有味，"为什么突然下厨，你的工作不是很忙吗？"

"因为我想谢谢你——"

"为什么要谢谢我？"

"谢谢你爱我——"我从后面抱着他,"如果没有了你,我的日子不知怎么过。"

"也许过得更自由——"

"我才不要。"

这个时候,传真机传来一封信。

"会不会是给我的？"他问。

"我去拿。"

信是歌迪亚从巴黎传真来的,她问我到巴黎开店的事考虑过没有。她说,想替我做一个专访。

"是谁的？"文治问。

"没用的。"我随手把信搁在饭桌上,"我去厨房看看柠檬批焗好了没有？"

"你要到巴黎开店吗？"他拿着那张传真问我。

"我不打算去。"我说。

"这是千载难逢的机会。"

"我没时间——"我把柠檬批放在碟子上,"出去吃甜品吧。"

"真的是因为没时间吗？"

"我不想离开你,这个理由是不是更充分？"我摸摸他的脸。

"你不要再为我牺牲。"

"我没有牺牲呀。"

"你不是很想成名的吗?"

"我已经成名了。"

"在巴黎成名是不同的。"

"即使在那边开店,也不一定会成名,在香港不是已经很好吗?"

他显得很不开心。

"我并没有牺牲些什么,我不是说过讨厌别离吗?"我抱着他,幸福地把脸贴在他的脖子上。

"你不是也说过不想做一条蓑衣虫,一辈子离不开一件蓑衣的吗?"

"如果你就是那件蓑衣,我才不介意做一条蓑衣虫。"

他轻抚我的头发,说:"我不想你有一天后悔为了我,而没做一些事。"

"我不会。"我说。

九六年十二月里一个晚上,我一个人在家里,良湄来按门铃。

"你还没睡吗?"她问我。

"没这么早。"

"我和傅传孝的事让熊弼知道了。"

"是谁告诉他的?"

"有人碰见我们两个。"

"那你怎么说?"

"当然是否认。"她理直气壮地说。

"他相信吗?"

"他好像是相信的。他是个拒绝长大的男人,他不会相信一些令自己伤心的事。"她苦笑。

"你跟傅传孝到底怎样?"

"我们对彼此都没要求、没承诺,也没妒忌,这样就很好,不像你和文治,爱得像柠檬。"

"为什么像柠檬?"我一头雾水。

"一个柠檬有百分之五的柠檬酸、百分之零点五的糖,十分的酸,一分的甜,不就像爱情吗?我和傅传孝是榴莲,喜欢吃的人,说它是极品,不喜欢的说它臭。"

"那熊弼又是哪一种水果?"我笑着问她。

"是橘子。虽然没个性,却有安全感。"

"你改行卖水果吗?"

"你说对了一半,我这阵子正忙着处理一宗葡萄诉讼案,正牌的葡萄商要控告卖冒牌葡萄的那个。"

良湄走了,我在想她说的"十分的酸,一分的甜"。文治回来时,我问他:

"如果爱情有成分,有几分是酸,几分是甜?良湄说是十分的酸,一分的甜,是吗?"

"没有那十分的酸,怎见得那一分的甜有多甜?"

原来,我们都不过在追求那一分的甜。

我们吃那么多苦,只为尝一分的甜。只有傻瓜才会这样做。

第二天是周末,下午,良湄来我家里一起布置圣诞树。文治从电视台打电话回来。

"良湄在吗?"他很凝重地问我。

"她刚刚在这里,有什么事?"

"熊弼出事了。"

"什么事?"良湄问我。

熊弼在大学实验室里做实验,隔壁实验室有学生不小心打翻了一瓶有毒气体,熊弼跑去叫学生们疏散,他是最后一个离开的,结果吸入了大量有毒气体。他自行登上救护车时,还在微笑,送到医院之后,却不再醒来。医生发现他肺部充满了酸性气体,无法救活。

良湄在医院守候了三天三夜,熊弼没机会睁开眼睛跟她说一句话就离开了。

我最后一次见熊弼,是在方维志公司乔迁的酒会上,他落落寡合地站在一角。

他幽幽地跟我说:"长大是很痛苦的。"现在他应该觉得快乐,他从此不再长大了。临走的时候,他跟我说再见。他像小孩子那样,轻轻地跟我挥手。

别离，成了诀别。他永远不知道，他爱的女人，一直背叛他。背叛，是多么残忍的事？

丧礼结束之后，我在良湄家里一直陪伴着她。傅传孝打过几次电话来，她不肯接。她老是在客厅和厨房里打转。

"那个葡萄商送了几盒温室葡萄给我，你要不要试试？"她问我。

我摇头。

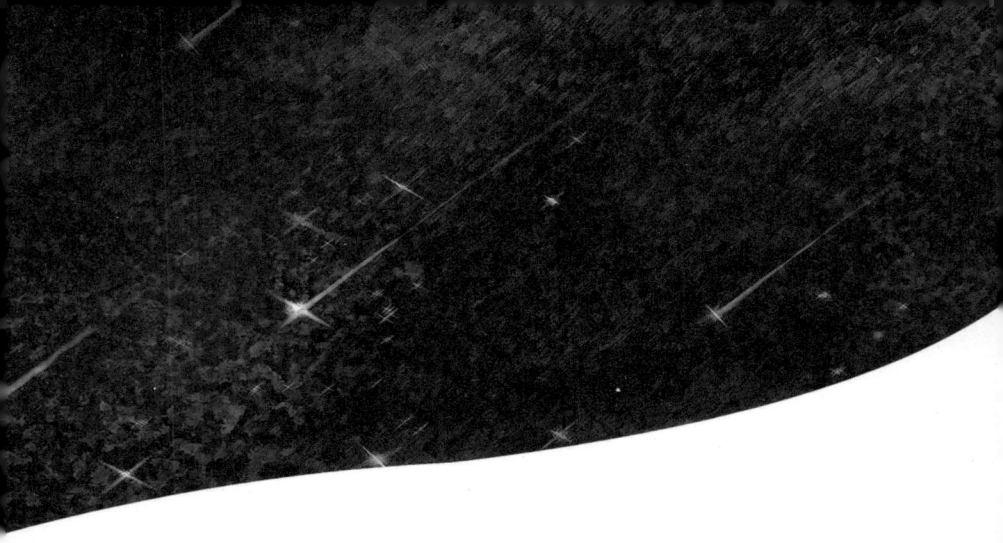

过了一会儿,她又问我:"你要不要吃点什么的?我想看着你吃东西。"

我勉强在她面前吃了几颗葡萄。

又过了一会儿,她老是走到厨房里,不停地洗手。

"良湄,你别再这样。"我制止她。

"他临走的前一天,我还向他撒谎。"她哀伤地说。

"你并不知道他会发生意外。"我安慰她。

"他是不是不会再回来?"她凄然问我。

我不晓得怎样回答她。

"我想跟他说一声对不起。"

"听说每个人在天上都有一颗星,他死了的话,属于他的那颗星就会陨落。下一次,你看到流星,就跟流星说对不起吧,他会听到的。"

"如果可以再来一次,我不会这样对他。"她含泪说。

为什么我们总是不懂得珍惜眼前人?在未可预知的重逢里,我们以为总会重逢,总会有缘再会,总以为有机会说一声对不起,却从没想过每一次挥手道别,都可能是诀别,每一声叹息,都可能是人间最后的一声叹息。

我安顿良湄睡好,回到自己家里。

"她怎么了?"文治问我。

我一股脑儿扑进他怀里。

"我们结婚好吗?"我问他。

他怔怔地望着我。

"你肯娶我吗?"我含泪问他。

他轻轻为我抹去脸上的泪水说:

"我怎么舍得说不?"

"我们明天就去买戒指。"我幸福地说。

第二天,我们到"蒂芬妮"珠宝店买结婚戒指。

我选了一对白金戒指。

"这个好吗?"我把戒指戴在左手无名指上,问文治。

"你喜欢吧。"他说。

"你也试试看。"我把戒指穿在他的无名指上。

"有我们的尺码吗?"我问售货员。

"对不起,两位的尺码比较热门,暂时没有货。"她说。

"什么时候会有?"我问。

"如果现在预订,要三个月时间。"

"三个月这么久?"我愣了一下,"不是空运过来的吗?"

"不错,是空运,但戒指是有客人预订才开始铸造的,全世界的'蒂芬妮'都集中在美国铸造,所以要轮候。你知道,很多女孩子只肯要'蒂芬妮'的结婚戒指。"

"真的要等三个月?"我问。

"两位是不是已经定了婚期?"

"还没有。"文治说。

"要不要到别处去?"我问文治,"三个月太久了。"

"你喜欢这枚戒指吗?"他问我。

我看着手上的戒指,真的舍不得除下来。我念书时就渴望将来要拥有一枚"蒂芬妮"的结婚戒指。

"既然喜欢,就等三个月吧。"文治说。

"对呀,结婚戒指是戴一辈子的,反正两位不是赶婚期。"那位售货员说。

"你替我们预订吧。"文治说。

"谢谢你,徐先生。戒指来到,该通知哪一位?"

"通知我吧。"我说。

那位售货员写了一张发票给我们。

"戒指来到,可以刻字。"她说。

我珍之重之把单据藏在钱包里。

三个月,太漫长了。我紧紧握着文治的手,走在熙来攘往的街上,三个月后,会一切如旧吗?

"我们是不是应该到别处买戒指?"我再三问他。

"你担心什么?"他笑着问我。

"我想快点嫁给你。"

"都那么多年了,三个月就不能等吗?"他笑我。

我们不也曾三番四次给时间播弄吗?却再一次将爱情交给时间。

第二天回到办公室,我把未来三个月要到外地的活动全都取消。我要留在文治身边。

一天，他喜滋滋地告诉我，他和一个朋友正在做一宗把推土机卖到国内的生意。

"国内修筑公路，需要大量的推土机，但是省政府没有足够的钱买新的机器，马来西亚的瑞士制旧推土机，经过翻新之后，性能仍然很好，达到新机的七成水平，价钱却只是新机的三成。我们就把这些推土机卖给公路局，一来可以帮助国家建设，二来可以赚钱，利润很不错。"他踌躇满志地告诉我他的大计。

"你那个朋友是什么人？"

"他是做中国贸易的，是我中学的同学，我们偶然在街上碰到，他跟我提起这件事，他原来的伙伴因为不够钱而退出，但是马来西亚那边已谈好了，现在就要付钱。"

"他为什么要找你合作？"

"他的资金不够，我们要先付钱买下那批翻新了的推土机，所以他要找人合作。我是记者，又曾经到国内采访，他觉得我可靠，我们过两天就会上去跟公路局的人见面。"

"你这个同学靠得住吗？"

"我们中学时很谈得来的，你以为我会被人欺骗吗？"

"当然不会，但你毕竟很多年没见过他——"

"我和他一起去见公路局的人，还有假的吗？"

"你为什么忽然会有做生意的念头？你从前不是不喜欢做生意的吗？"

"这是很有意义的生意。"他拍拍我的头，说，"放心吧。"

"要投资多少？"

"不需要很多。"他轻松地说。我看得出他投资了很多，为了不想我担心，故意装着很轻松。

我总是觉得他过分乐观。他这个人太善良了，根本不适合做生意。

良湄日渐复原过来，为免刺激她，我和文治决定暂时不把结婚的事告诉她，况且我们根本没打算大事庆祝。

那天，她心情比较好，我陪她到中环那家印度餐厅吃午饭。

"你还有见傅传孝吗？"我问她。

"偶尔也有见面，别误会，我们现在是朋友，不是以前那一种，事实上，也不可能像以前那样。我一直以为熊弼是个拒绝长大的男人，实际上，他是个勇敢的人，他在那个关头，仍然愿意最后一个离开。我怎么可能爱上其他人呢？最好的那个就在我身边。"

"我们总是过后才知道。"我说。

饭后，女服务生送来一盘幸福饼。

"你要一块吧,我不敢要。"良湄说。

我拿起一块幸福饼,剥成两瓣,取出签语。

"写些什么?"良湄问我。

签语上写的是:

离别与重逢,是人生不停上演的戏,习惯了,也就不再悲怆。

"离别了,不一定会重逢。"良湄说。

我要跟谁离别,又跟谁重逢?

跟良湄分手之后,我到超级市场买酒,还有二十天就是三个月了,我要买一瓶酒留待拿结婚戒指的那天跟文治一起庆祝。

在那里,我见到杨弘念,我们离别了又重逢,原来签语上说的,就是他。许多年不见了,他沧桑了很多。这几年来,他也在洛杉矶和加拿大那边发展。

"你什么时候回来的?"我问。

他手上捧着几瓶白酒,说:"回来一个多月了。"

"哦。什么时候改变口味的?那边有'天国蜜桃'。"

"我现在什么都喜欢尝试,近来爱上这个。"

"是这样——"

"听说你要结婚。"

"你怎么知道?"我惊讶。

"有人看到你去买结婚戒指。你忘了你现在是名女人吗?年轻、漂亮,是时装界的神话,很多人认得你。"

"是的,我快要结婚了。"

"是不是嫁给那个新闻报道员?"

我点头,问他:"你近来好吗?"

"怎可能跟你比较,你是如日中天。"

"没有你,也没有我。"我由衷地说。

"只有人记得周蜻蜓,怎会有人记得她是杨弘念的徒弟?"他笑得很苦涩。

"你教了我很多东西。"

"你很幸运,我真妒忌你。"

"我很努力,你不是说过我会很好的吗?"

"我没想到你可以达到这个境界。"他眼里充满了忌恨。

我从没想过他会妒忌我,妒忌得如此苦涩。他从前的高傲,仿佛一去不回。我曾经以为,他深深地爱着我,难道那一切都是假的吗?还是,他对我的爱,从来也是出于妒意,因为想占有,因为想控制,所以自己首先失控。那个红玫瑰和夜莺的故事,不过是一个他自我催眠的故事。

"再见。"他说。

"再见。"我跟他说。

我不想再见到他。

那天晚上,我幸福地睡在文治身边,紧握着他的手,那样我觉得很安全。文治却在床上翻来覆去。

"有什么事吗?"我问他。

"没事。"他说。

"是不是那批推土机出了什么问题?"

"那批机器没问题。"他说。

接着那几天,他总是愁眉深锁。

那天晚上,良湄走来找我。

"文治不在吗?"她问。

"还没有回来,我刚好想找人陪我吃饭,你有空吗?"

"我有件事要告诉你——"她凝重地说,"关于文治的。"

"什么事?"

"外面有人说他卖一些不能用的推土机到国内,欺骗省政府的金钱。"

"谁说的?"

"是电视台新闻部的人传出来的。有记者上去采访别的新闻，公路局的干部告诉他，文治跟他的朋友把一些只有两成功能，完全不合规格的推土机卖给他们，那个干部认得文治是香港记者。听说他们已经扣起打算用来买推土机的钱。"

到了晚上，文治回来。我问他：

"推土机的生意是不是出了问题？"

"你听谁说的？"

"无论外面的人怎样说，我只会相信你。"

"那就不要问。"

"但是我关心你，外面有些传言——"

"是吗？你已经听到了。"

"我不相信你会欺骗别人。"

他突然惨笑："是我被人欺骗了！怎么样？那些马来西亚的推土机根本不能用，他骗我说有原来的七成功能。明明已经用了五年，他骗我说只用了两年。"

"现在怎么办？"

"同行都知道我卖没用的推土机欺骗同胞——"他沮丧地坐在椅子上。

"你应该澄清一下。"

"有什么好澄清的?"他伤心地说,"我根本就是个笨蛋,我竟然笨到相信一个十多年没见的人,什么卖推土机帮助国家,我连这种骗术都看不出来!"

"那是因为你太相信朋友。"我安慰他。

"不,那是因为我贪心!我想赚大钱。我想赌一铺,不想一辈子待在电视台里!我不想别人说我女朋友的名气比我大,赚钱比我多!我害怕失去你。我是不是很幼稚?"他哽咽。

我走上前去,抱着他:"你为什么会这样想?我们都快结婚了。"

"这是现实。"他含泪说。

我替他抹去眼角的泪水:"我们做的根本是两种不同的工作,我从来没有这样想。你知道我多么害怕失去你吗?"

我轻轻抚摸他的脸、眼睛、鼻子和嘴唇,"我喜欢这样抚摸你,永远也不会厌倦。"

他紧紧地抱着我,我坐在他大腿上,轻轻用鼻子去揉他的脖子。罪魁祸首也许不是那个卖推土机的骗子,而是我。他本来是个出色而自信的人,因为爱我,却毁了自己。我的眼泪不由自主地滴在他的肩膀上。

"对不起,我不能够跟你结婚。"他说。

"为什么?"我愣住。

"我们所走的路根本不一样——"他难过地说。

"不会的。"我抱着他不肯放手。

"你还记得幸福饼里的签语吗?是的,年少时候的梦想和憧憬,我已经忘了,我现在是个俗不可耐、充满自卑的男人。"

"不,你不是。"

他拉开我的手,站起来说:

"别这样。"

"我爱你。"我不肯放手。

"我也爱你。"

"那为什么要分开?"我哭着问他。

"因为用十分的酸来换一分的甜是不能天长地久的。"

"我不明白。"

"你明白的,只是你不肯接受。没有了我,你会更精彩、更成功。"

"没有了你,成功有什么意思?我不要成功!我们可以像从前一样,我们以前不是很开心的吗?"我哀哀地说。

"人也许能飞向未来,却不可能回到过去。你忘记了那句签语吗?幸福饼的签语是很灵验的。"他凄然说。

"我们那么艰苦才能够走在一起,不可能分开的,我不甘心!"

"对不起。"

他收拾东西离开,临行前,深深地吻了我一下,说:"祝你永远不要悲伤。"

他走了,真的不再回来。

那年我在伦敦买给他的花仙子银相架,依然放在案头上。上面镶着一张我的照片、一张他的照片,还有那张我们儿时在公园里偶尔相遇的照片。

叶散的时候,你明白欢聚。

花谢的时候,你明白青春。

九七年三月,我们分手了。

十多天后,"蒂芬妮"珠宝店通知我,我们要的那一对结婚戒指已经送来了,随时可以去拿。

我独个儿去领回戒指。

"要刻字吗?"女售货员问我。

"不用了。"

难道我不知道这戒指是为谁而买的吗?

我早就说过,三个月太久。

我把两枚戒指都带在身上,我自己的那一枚,穿在左手无名指上,他的那一枚,我用一条项链挂在脖子上。

我没有找他。他曾给我最好的爱,也因此,我不敢再要他为我而毁了自己。

他申请长驻北京工作,我只能偶尔在新闻里看到他。

不合理的联系汇率维持了十四年,依然没有改变,我们的爱情,却已经变了。

他不在,我孤身走遍世界,为了那所谓的成名奋斗。

九七年五月,暮色苍茫的夏天,我从纽约回来,跟良湄在中环那家印度餐厅吃饭。

"他走上救护车的时候还在微笑,下一刻却不再醒来,他这样突然地离开,我怎可以忘记他?十年后,二十年后,也不可能。我只能忘记他所有的缺点。"

我失笑。

"你笑什么?"她问我。

"令爱永恒的,竟是别离。"我说。

"是的,唯一可以战胜光阴的,就是回忆。"

末了,服务生送来一盘幸福饼。

"随便拿一块,看看你的运程。"服务生殷勤地说。

"我不敢要,你要吧。"良湄说。

我随手拿了一块幸福饼,取出里面的签语纸。纸上写着:

人生便是从分离那一刻萌生希望。

六月份在香港的个人时装展上,我用数千颗玻璃珠做了一袭晚装,穿在模特儿身上,成为该天的焦点。在璀璨灯光下的玻璃珠,像一颗颗晶莹的眼泪,这是一袭离别的衣裳。

九七年六月三十日晚上,一个新的时代降临,整天下着滂沱大雨,是我们相识的那场雨,我穿着那件柠檬黄色的雨衣,一个人走在时代广场外面。偌大的电视屏幕上,播出了离别之歌。

"离别本来就是人类共通的无奈。"我听到文治的声音说。

蓦然回首,他在电视屏幕上,人在北京。

他依然是那样沉实而敦厚,使人义无反顾地相信。

如果可以从头来过,我依然愿意用十分的酸来换那一分的甜。

只是,人能够飞向未来,却不能回到过去。

离别了我,他也许活得更好。我们努力活得灿烂,期望对方会知道。在未可预知的重逢里,我们为那一刻做好准备。

"记者徐文治在北京的报道。"他说。

"祝你永远不要悲伤。"我仿佛听到他这样说。三月里的幸福饼,我们一起吃的第一块幸福饼,不是这样说的吗?

电视画面冉去,我想留也留不住。

广场上,只有我,孤零零一个人,看着国旗升降,他曾送给我十二颗藏着国旗的玻璃珠,祝愿我成功。如果成功的代价是失去了他,我不愿成功。

雨愈下愈大,我舍不得跟屏幕告别;然而,爱,是美在无法拥有。

走着的时候,脖子上的结婚戒指叮叮地响。谁又可以控制明天的雨?

离开广场,我一个人,走到那家印度餐厅,等待那一盘幸福饼。

"随便抽一块,占卜你的运程。"女服务生微笑着说。

我拿起一块幸福饼,只是,这一次,我不敢再看里面的签语。